切り裂かれた絵画

Gakken

この物語の主人公は
あなたである

カバーイラスト　石田スイ
本文イラスト　さとま
ブックデザイン　中村圭佑
校正　LETRAS

目次

ルール説明……008
オープニング……012
episode 0 白の探偵《たんてい》……016
episode 1 赤は奇《き》に誘《いざな》われ……036
episode 2 オレンジ色の後悔《こうかい》……054
episode 3 成神《なりかみ》地方における黄泉《よみ》がえりの伝承《でんしょう》について……074

episode 4 反骨《はんこつ》グリーン……094
episode 5 君と見た青空……114
episode 6 藍《あい》より出《い》でて……134
episode 7 バイオレットメモリー……154

袋《ふくろ》とじ
エンディング……174
解説《かいせつ》……184

[巻末付録《かんまつふろく》]MAP《マップ》・推理《すいり》シート

ルール説明

LIAR《ライアー》の世界へようこそ。私はゲームマスターの「U《ユー》」です。

LIAR《ライアー》は、あなた自身が嘘《うそ》つきの犯人《はんにん》を捜《さが》し出すミステリーゲーム小説です。

この本の物語は、ある事件《じけん》に関係するキャラクターそれぞれの視点《してん》から描《えが》かれた、8のエピソードで構成《こうせい》されています。どのエピソードから読み進めてもかまいません。すべてのエピソードを読み解《と》いて、たった1人、嘘《うそ》をついている犯人《はんにん》を見つけ出しましょう。

物語には「講師」のキャラクターが登場します。「講師」はあなたの分身でもあり、あなたを真実に導《みちび》いてくれる味方でもあります。

そう、この本ではあなた自身が主人公なのです。

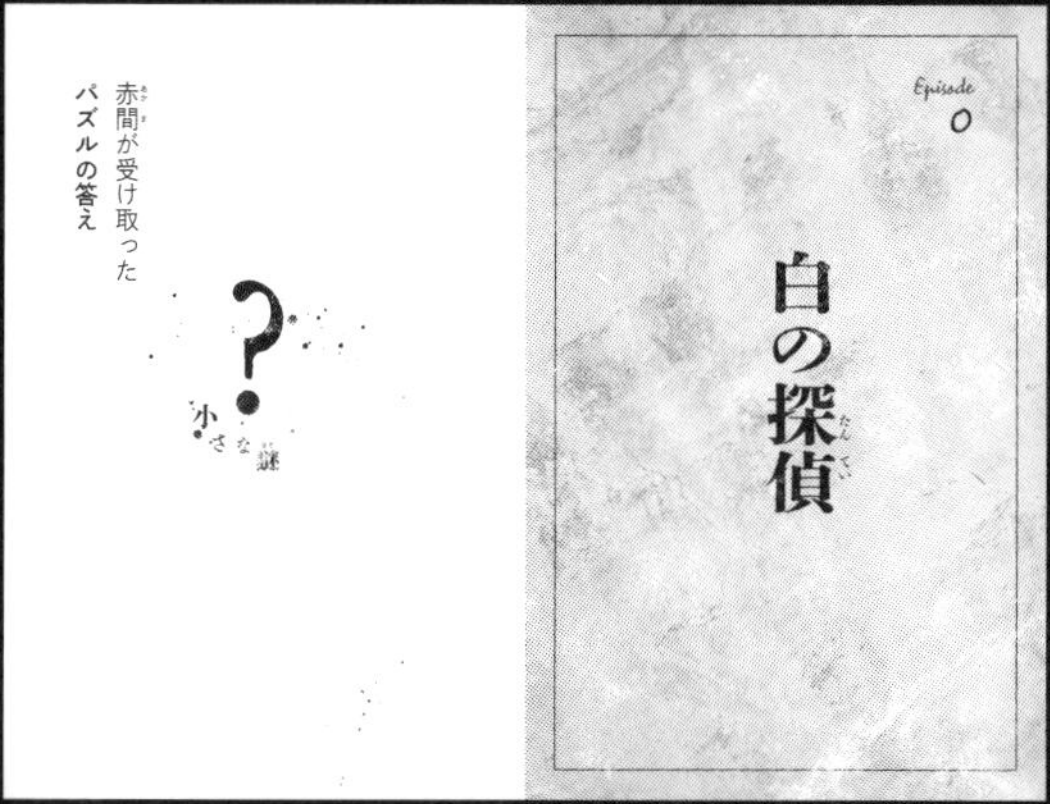

8のエピソードごとに、【小さな謎《なぞ》】が出題されます
その謎《なぞ》を、解《と》き明かしてください。
【小さな謎《なぞ》】の答えには、嘘《うそ》つきの犯人《はんにん》を見つけ出すためのヒントが隠《かく》されています。
できるだけ多くの【小さな謎《なぞ》】を解《と》き、犯人《はんにん》を予想しましょう。

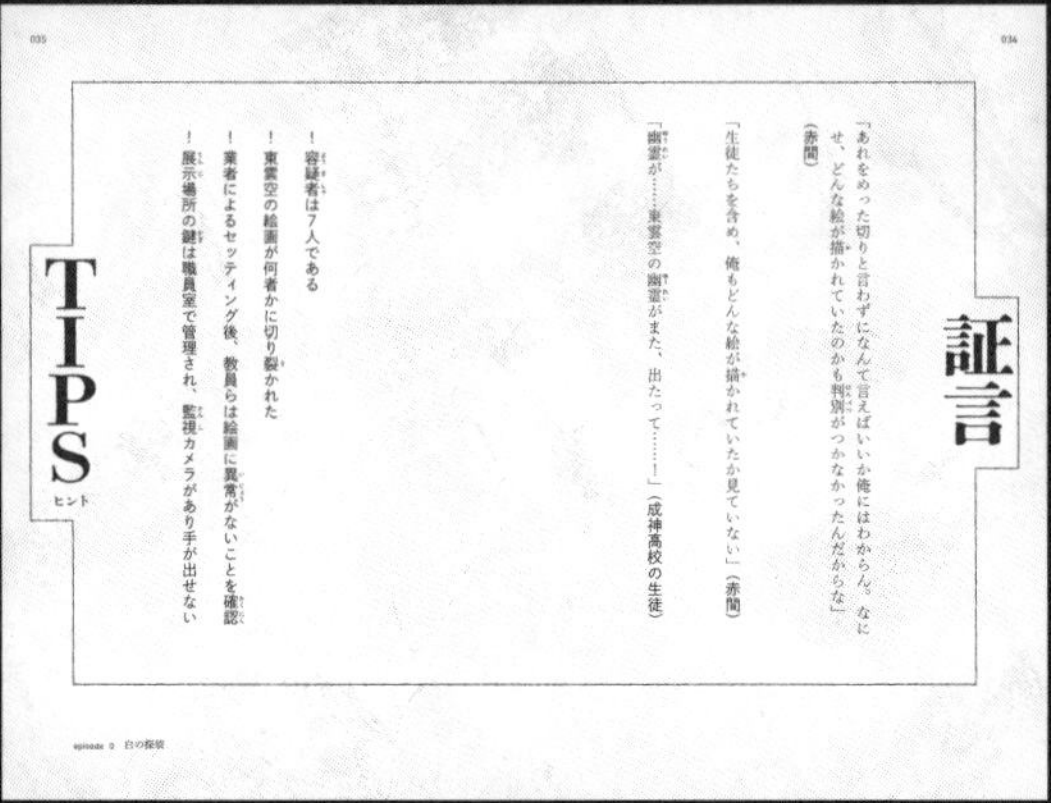
034

証言

「あれをめった切りと言わずになんて言えばいいか俺にはわからん。なにせ、どんな絵が描かれていたのかも判別がつかなかったんだからな」（赤間）

「生徒たちを含め、俺もどんな絵が描かれていたか見ていない」（赤間）

「幽霊が……東雲空の幽霊がまた、出たって……！」（成神高校の生徒）

TIPS
ヒント

！容疑者は7人である

！東雲空の絵画が何者かに切り裂かれた

！業者によるセッティング後、教員らは絵画に異常がないことを確認

！展示場所の鍵は職員室で管理され、監視カメラがあり手が出せない

035

episode 0 白の探偵

【証言《しょうげん》】と【TIPS《ティップス》】があります。

【証言《しょうげん》】には、容疑者《ようぎしゃ》たちが語った注目すべき言葉が書かれていますが、これらの【証言《しょうげん》】の中に、犯人《はんにん》の嘘《うそ》の証言《しょうげん》がひとつだけ隠《かく》されています。

【TIPS《ティップス》】には、注目すべき事実が書かれていますが、ここに書かれていることはすべて真実です。

※犯人《はんにん》はたった1人。
容疑者《ようぎしゃ》の中で犯人《はんにん》だけが嘘《うそ》をつきます。（容疑者《ようぎしゃ》以外の人物の【証言《しょうげん》】に嘘《うそ》はありません）
※嘘《うそ》の証言《しょうげん》はひとつだけで、それ以外は犯人《はんにん》の【証《しょう》言《げん》】であってもすべて真実です。

真実（エンディング／解説《かいせつ》）は、封《ふう》を切るまで中が見えない袋《ふくろ》とじ仕様になっております。必ず犯人《はんにん》が予想できたあとに、開封《かいふう》してください。


この本の巻末《かんまつ》には、折りたたみ式のシートが付いています。

（ハサミなどで切り取ってお使いください）

表面の【MAP《マップ》】は、容疑者《ようぎしゃ》の行動や事件《じけん》現場を特定するヒントになります。

裏面《うらめん》の【推理《すいり》シート】は、容疑者《ようぎしゃ》が一覧《いちらん》できます。【小さな謎《なぞ》】の答えを書き込《こ》めるほか、事実や【証言《しょうげん》】を整理し、犯人《はんにん》を推理《すいり》するためのアイテムとしてご活用ください。


いよいよ、物語がはじまります。

この物語の真実を、あなた自身の手で探《さが》し出してください。

ここまでは上出来だ。その人物は、心の中で呟《つぶや》いた。

カバンの中に忍《しの》ばせていたカッターナイフの柄《え》をそっと押《お》さえる。額《ひたい》に薄《うっす》ら浮《う》かんだ冷汗《ひやあせ》を手の甲《こう》で拭《ぬぐ》う。ごくりとつばを飲み込《こ》み、頷《うなず》いた。

辺りを見回し、誰《だれ》もいないことを確認《かくにん》する。そっと扉《とびら》から体を滑《すべ》り込《こ》ませた。

その人物の動きは完璧《かんぺき》だった。誰《だれ》にも見られずに部屋の中に入り込《こ》む。目が慣《な》れるまでしばらく待って、動きを再開《さいかい》した。

ひどく緊張《きんちょう》していた。それでもなんとか準備《じゅんび》を整え、息をつく。

カバンの中からカッターナイフを取り出そうと試みた。手が震《ふる》えている。何度かカバンにひっかかりながらも取り出すことに成功し、慎重《しんちょう》に握《にぎ》りしめた。手のひらの温度が伝わったのだろうか。生ぬるい感触《かんしょく》だった。

チキチキ、と軽い音を立てて、刃《は》が姿《すがた》を現《あらわ》す。柄《え》を握《にぎ》りしめた拳《こぶし》から、どくどくと鼓動《こどう》が聞こえるようだ。それは自らの血潮《ちしお》の流れる音だとわかっていたが、まるで今から自身が行うことへの警告《けいこく》のようにも思えた。

祈《いの》りを捧《ささ》げるように、カッターナイフを振《ふ》り上げる。

そして――……。

鬼才《きさい》、東雲空《しののめそら》。幼《おさな》い頃《ころ》から遺憾《いかん》なく才能《さいのう》を発揮《はっき》させ、16歳《さい》で絵画界の登竜門《とうりゅうもん》と呼《よ》ばれる賞《しょう》を受賞《じゅしょう》。麗《うるわ》しい本人の容姿《ようし》も相まって、一躍《いちやく》時の人となった。

しかし、運命とは時として残酷《ざんこく》だ。彼女の命は残り僅《わず》かである。そのような宣告《せんこく》が医師《いし》からもたらされたのは、賞《しょう》を受けた、たった1年後のことだ。

東雲空は、余命宣告《よめいせんこく》を受けてもなお、絵を描《か》くことをやめなかった。残された時間を使って自宅《じたく》のアトリエに籠《こ》もり、家族以外の誰《だれ》にも会うことなく、取り憑《つ》かれたかのように絵を描《か》き続けたのだという。

そして最後の絵画が完成したのち、東雲空は17歳《さい》で夭折《ようせつ》した。

あまりにも若《わか》すぎる死であった。

彼女のアトリエにあった遺作《いさく》――『大切なひと』というタイトルの絵画は、遺族《いぞく》と学校側の協議により、彼女が愛し、そして卒業を迎《むか》えることができなかった高校――

成神《なりかみ》高校に飾《かざ》られることとなった。

メディアに遺作《いさく》を発表する前に、空が愛した学校の関係者に彼女の絵を公開すること。それが遺族《いぞく》と学校側の取り決めだ。この絵を遺《のこ》した空の思いを大切にしたい、という遺族《いぞく》の意向に、学校側が賛同《さんどう》した結果である。

12月7日。東雲空の遺作《いさく》の初公開日。

内部のセレモニーには、空とともに学校生活を送った現《げん》高校2年生、および教職員一同が参加する。彼ら、彼女らは各々《おのおの》心の内で様々なことを思い浮《う》かべながら、絵が展示《てんじ》されている場所へと集まったのである。

奥《おく》まった壁《かべ》にかけられた絵画には、つやつやとした絹布《けんぷ》がかけられている。

「惜《お》しい生徒を亡《な》くしました」

校長《こうちょう》があいさつをする。遺族《いぞく》が涙《なみだ》ぐみ、空と交流があったであろう生徒の一部から嗚咽《おえつ》が聞こえた。絵画にかけられた布《ぬの》が美術《びじゅつ》教師の手によって外された、そのとき。

展示《てんじ》室から一切《いっさい》の音が消えたのである。

誰《だれ》も、何も言わない。いや、言えないのかもしれない。

その絵は無惨《むざん》にも切り裂《さ》かれていた。

危険《きけん》な緊張《きんちょう》をはらんだ会場内は、異様《いよう》な空気に包まれている。誰《だれ》かがつばを飲み込《こ》む音。荒《あら》い息づかい。人々はしばらく、動くことすら忘《わす》れてかつて絵画であっただろう残骸《ざんがい》に見入っていた。

「どうして……」

やがて誰《だれ》かが、細く息を吐《は》き出すかのように囁《ささや》いた。動揺《どうよう》が水紋《すいもん》のように広がれば、恐怖《きょうふ》が波となって一気に会場内に襲《おそ》い掛《か》かった。

「なんで、こんなことに」「いったい誰《だれ》が……！」「落ち着け！　動くな！」

そしてその少しあとのこと。ネット上ではひとつの噂《うわさ》が飛び交うようになる。

2024/12/9 22:21:02.09

>>891

成○高校で死んだ女子高生の霊が出たってやつ、マジ？

Episode 0

白の探偵《たんてい》

赤《あか》間《ま》が受け取った
パズルの答え

小さな謎《なぞ》

成神《なりかみ》高校の南棟《みなみとう》、校舎《こうしゃ》3階。授業《じゅぎょう》がない限《かぎ》りめったに人が訪《おとず》れないその教室の、さらに隣《となり》の扉《とびら》の奥《おく》が彼の居場所《いばしょ》だった。

その扉《とびら》には、剝《は》がれかけたプレートがぶら下がっている。そこには『情報処理準備《じょうほうしょりじゅんび》室』と書かれていた。扉《とびら》を開けると目に飛び込《こ》んでくるのは、無機質《むきしつ》な空間である。きっちりと並《なら》べられた白い机《つくえ》にパソコンが数台。壁際《かべぎわ》に設置《せっち》された棚《たな》には無数のファイルが几帳面《きちょうめん》に並《なら》べられていた。この部屋に埃《ほこり》は一切《いっさい》落ちていない。どこもかしこも掃《は》き清《きよ》められ、棚《たな》もすべて拭《ふ》き上げられているのだ。この部屋を使用する彼は、汚《よご》れをよしとしない。潔癖《けっぺき》のきらいがあった。

とある日の放課後。彼は白衣を翻《ひるがえ》し、無遠慮《ぶえんりょ》に部屋の中に踏《ふ》み込《こ》んだ。窓際《まどぎわ》の机《つくえ》の上には、本が数冊、これまたきっちりと積まれている。その本を1冊取り上げると、目の前の椅子《いす》に座《すわ》り込《こ》んだ。白衣のポケットから取り出したのは、クッキー形の栄養補助《えいようほじょ》食品『パワフルメイト』である。そのクッキーの形を崩《くず》さないように慎重《しんちょう》にパッケージを開けて、口に入れた。かみ砕《くだ》く。ケミカルな味が心地よい。しばらくその味に心を寄《よ》せたのち、彼は本を開き一心不乱《いっしんふらん》に読みはじめた。

ノックの音が聞こえた。顔を上げると、部屋の入り口に男が1人立っていた。よう、と気安げに声をかける男に、彼は表情《ひょうじょう》を緩《ゆる》めた。

「赤間《あかま》」

男の名前を正確《せいかく》に呼《よ》んでやると、男は口元ににやりと笑みを浮《う》かべた。

「ずいぶんとその姿《すがた》がサマになってるじゃないか、なあ、数学講師さま」

赤間のからかいの言葉を軽くいなすように、「まあね」と相づちを打つ。

赤間には恩《おん》がある。この成神高校に非常勤《ひじょうきん》の数学講師として勤《つと》めることになったのも赤間の紹介《しょうかい》のおかげだ。

赤間は成神高校で教鞭《きょうべん》をとる英語教師である。大学時代に知り合って以来、何かとつるむことが多かった。元来風来坊《ふうらいぼう》のきらいがある彼——講師は、定職《ていしょく》に就《つ》くということを知らない。その状況《じょうきょう》を見かねたのか、赤間はこうしてよく世話を焼いてくれる。

正直助かっているというのが本音だ。本人には絶対《ぜったい》に言わないけれど。

「こんな部屋しか用意できなくてすまんな。職員室に席を、とは進言したんだが。外部の人間を入れるのをしぶるお偉方《えらがた》がいるようなんだ」

「むしろ好都合だ。あまり人と付き合うのは向いてないし、静かでいい場所だ」

正職員と同じ待遇《たいぐう》をと、きっとこの友人は力説してくれたのだろう。そのこと自体はありがたいが、ひとりの方が正直落ち着けるというものだ。

「で」

赤間がこの部屋に来た、ということは、何かやっかいごとでも持ち込《こ》んできたのだろう。彼はそう当たりをつけると、読んでいた本にきっちりと栞《しおり》を挟《はさ》んで置き、赤間に向き直った。

「なんの用だ？」

「察しがいいな。実はなぁ、困《こま》ってるんだ」

そう言いながら、赤間は頭をかき、心底まいったというように眉《まゆ》を下げた。

「また生徒にからかわれててな。昔のよしみで助けてくれよ」

そう言って赤間は１枚のメモを彼に差し出した。

先生が好きなやつの正体

❹❸④＝CAT　①❸❷❺＝WALK

②⑤＝？

「これは？」

「いつの間にか、職員室の机《つくえ》の上に置かれていたんだ」

「無視《むし》すればいいだろうに」

「そりゃあ無理だって。俺としてはさ、こんなパズルもササッと解《と》いて、生徒たちにカッコいいとこ見せときたいわけよ。でもなあ、俺の好きなやつ？　カノジョもいないし、なんのことを言ってるんだ？　それに、この数字も……」

「いいじゃないか。その調子で自分の頭で解《と》いてみろ」

「そんなこと言わずに頼《たの》むよ！　俺がこういうの苦手なの、お前も知ってるだろ？」

嘆《なげ》きながら、赤間はポケットから何かを取り出し、手でもてあそびはじめる。

「それは？」

「そのメモの上に載《の》せてあったんだよ。なにかの拍子《ひょうし》に飛んでいかないように重しにでもしたんだろうな」

赤間は指を使って器用にリバーシのコマをはじき、空中でキャッチして見せる。悪びれず笑う赤間を見て、講師もクスリと笑みを零《こぼ》した。赤間は親しみやすい性格《せいかく》で生徒から何かとイジられることが多い。このパズルもその一環《いっかん》ということなのだろう。

白黒のコマがくるくる回って赤間の手に戻《もど》る。そのさまをじっと見ていた講師は、口の端《はし》に笑みを浮《う》かべた。

「なるほどな。わかったよ、赤間」

するするとパズルを解《と》いた講師に、赤間は感心した口調でこう言った。

「さすが、【白の探偵《たんてい》】だ」

「やめてくれよ」

赤間の言葉に、うんざりとした表情《ひょうじょう》を隠《かく》しもせずに言ってのける。

白の探偵《たんてい》。それは、講師の通り名である。

講師がいつも白い服を好んで着ること、やっかいごとを持ち前の頭脳《ずのう》であっという間に解決《かいけつ》してみせることから、いつの間にかそのように呼ばれるようになった。

世の中には、そんなやっかいごとに好かれている人物というものが一定数いるという。講師もその例に漏《も》れず、不可解《ふかかい》な事件《じけん》に遭遇《そうぐう》することが多かった。本人の意思とは無関係に巻《ま》き込《こ》まれ、いつの間にか当事者にされてしまうこともある。

「その【白の探偵《たんてい》】を見込《みこ》んで、もうひとつ、頼《たの》みたいことがあるんだ」

赤間の言葉に、それ見たことかと講師は今度こそため息をついた。

実をいうと、赤間と出会ったのもその事件《じけん》のひとつに巻《ま》き込《こ》まれたからである。おかげさまで今回の職にも就《つ》けたのだから、彼にとって事件《じけん》はあながち忌避《きひ》するだけのものではない。とはいえ、この世の中に、好んでやっかいごとに関わりたいもの好きがどれだけいるだろうか。関わらないで済《す》むならそれに越《こ》したことはない。

講師はあからさまに眉間《みけん》に皺《しわ》を寄《よ》せた。

「赤間。面倒《めんどう》ごとは勘弁《かんべん》してくれ」

「頼《たの》む」

不快《ふかい》であると表情《ひょうじょう》で示《しめ》したにもかかわらず、赤間は引かない。

「実は、こっちが本命だ」

そう言うと、赤間は先ほどとは打って変わって真剣《しんけん》な表情《ひょうじょう》をする。端《はし》に寄《よ》せてあった椅子《いす》を自ら引き寄《よ》せ、腰《こし》を下ろすと、まるで祈《いの》りを捧《ささ》げるかのように両の手を絡《から》ませた。そのまま正面から彼の目をまっすぐに見る。真摯《しんし》なまなざしに、講師も思わず居住《いず》まいを正す。赤間は決して空気を読まないタイプではない。何かよほどのことがあるのだろう、とあたりをつけた。

「東雲空《しののめそら》の絵画が何者かに切り裂《さ》かれた。白の探偵《たんてい》に依頼《いらい》したい。犯人《はんにん》を見つけてくれないか」

赤間は声を落とし、ゆっくりと話しはじめた。

「実は先日の12月7日に、この学校で東雲空の遺作《いさく》の発表があったんだ」

「ああ。知ってるよ」

講師は軽く頷《うなず》く。行事一覧《いちらん》を見ているから、土曜日の課外授業《じゅぎょう》の一環《いっかん》としてそのような催《もよお》しが行われること自体は知っていた。

ただ、彼の立場は非常勤講師《ひじょうきんこうし》である。授業《じゅぎょう》のある日しか学校に来ない。ゆえに、こういった学校行事には基本的《きほん》には不参加である。

赤間はさらに言葉を重ねた。

「念のため最初から説明させてくれ。東雲空は知ってるな？」

「有名人だからな。残念ながら実際《じっさい》に顔を見たことはないが」

「そりゃそうだ。お前が赴任《ふにん》する前に入院して、復学《ふくがく》しないまま亡《な》くなった……」

赤間の顔が一瞬《いっしゅん》揺《ゆ》らぎ、喉《のど》がぐっと鳴った。表情《ひょうじょう》に痛《いた》みと悲しみをにじませた赤間は、取り繕《つくろ》うように軽く自嘲《じちょう》の笑みを零《こぼ》した。

「生徒を亡《な》くすのは初めてなんだ。すまんな」

「いや」

講師は首を振《ふ》る。一見お調子者の赤間が、普段《ふだん》どれだけ教職と真摯《しんし》に向き合っているのかを知っている。生徒を亡《な》くしたという痛《いた》みは、想像《そうぞう》するにあまりある。

「遺作《いさく》の発表……セレモニー、と呼《よ》んだ方がいいな。セレモニーは、遺族《いぞく》の意向により彼女と同学年の高校2年生にのみ、先んじて行われることになった」

「ああ」

「セレモニーは、12月7日の朝10時に行われた。絵の展示《てんじ》場所には2年生全員と教師が集まっていた。校長から軽くあいさつがあって、美術《びじゅつ》教師の藍沢《あいざわ》先生が絵にかけられていた布《ぬの》を取った。そしたら」

赤間はそこで一度言葉を切る。

「絵画が、切られていたんだ。めった切りだ」

「めった切り……」

「ひどいもんだった。あれをめった切りと言わずになんて言えばいいか俺にはわからん。なにせ、どんな絵が描《か》かれていたのかも判別《はんべつ》がつかなかったんだからな」

話しながら興奮《こうふん》したのだろう、赤間は自らを落ち着かせるようにゆっくり息を吸って、細く吐《は》き出した。

「何しろ、あの東雲空の遺作《いさく》だ。学校内で公開したあとは、しかるべき手続きを取ってどこぞの美術館《びじゅつかん》なりに寄贈《きぞう》する予定だったはずだ。だから、警察《けいさつ》に通報《つうほう》することも考えたんだが、遺族《いぞく》から止められてな」

「ふうん」

「学校内で調査《ちょうさ》してほしい、と申し出があった。あの絵を遺《のこ》した空の気持ちを大切にしたい。できれば大ごとにしたくない、だそうだ。学校側としては責任《せきにん》を取るつもりなんだが、まずはどうしてそんなことになったのかの調査《ちょうさ》をしてからでないと、交渉《こうしょう》のステージに乗せることもできん。それで、お前を頼《たよ》ったというわけだ」

彼は赤間の話を頭の中で反芻《はんすう》する。軽く握《にぎ》った拳《こぶし》を己《おのれ》の顎《あご》に軽く当て、首を傾《かし》げた。

考え込《こ》むときの癖《くせ》である。

「いくつか質問《しつもん》がある」

「なんでも聞いてくれ。答えられる範囲《はんい》で答えよう」

赤間の言葉に軽く頷《うなず》いて、彼は口を開いた。

「参加者をもう一度教えてくれ」

「成神高校の2年生全員と、正職員、それと、空の遺族《いぞく》だ」

彼は一度黙《だま》り、しばらく考え込《こ》んだあと、さらに質問《しつもん》を口にする。

「絵が運び込《こ》まれたのは当日か？」

「前日の6日だ。午前中に専門《せんもん》の業者が入ることになっていたから、美術《びじゅつ》の藍沢先生が指揮《しき》をとり、俺もその場に立ち会った」

「専門《せんもん》の業者……？　そんなに大きな絵画だったのか」

「いや、そこまでではない。色紙くらいの大きさと言えばわかりやすいか？　藍沢先生から聞いたんだが、いわゆる美術《びじゅつ》的価値《かち》のある物の展示《てんじ》をするときは専門《せんもん》の業者が入るらしい」

業者が帰ったあと、念のため藍沢と他の教員たちが絵画のチェックを行った。結果、破損《はそん》や傷《きず》などは見られなかった、と赤間は語った。講師は軽く頷《うなず》き、話を促《うなが》した。

「午後からは数名のボランティアの生徒と合流してセレモニーの準備《じゅんび》をした。最後にみんなで展示《てんじ》している部屋を清掃《せいそう》して、職員会議《かいぎ》の前……そうだな、19時半くらいには解散《かいさん》したはずだ」

「そのとき、絵の状態《じょうたい》はどうだった？」

「業者がセッティングしたままで、誰《だれ》も手を触《ふ》れていなかったよ。しっかりと布《ぬの》がかけられていたから、生徒たちを含め、俺もどんな絵が描《か》かれていたか見ていない」

「ちょっと待て」

講師は赤間の話にストップをかけた。

「なぜお前が絵を見ていない。藍沢先生と一緒《いっしょ》に立ち会ったんじゃなかったのか？」

「いや、立ち会った。立ち会ったんだが、その……」

赤間は視線《しせん》を逸《そ》らし、言いにくそうに言葉を濁《にご》した。

「その、感情《かんじょう》がな、抑《おさ》えられなそうだったんだ。東雲空の遺作《いさく》だろ。どんな思いで描《か》いたんだ、と想像《そうぞう》したら……」

「泣きそうになってたってことか」

そう指摘《してき》すると、赤間はいかにも図星ですという表情《ひょうじょう》をする。咳《せき》ばらいをして、再《さい》度《ど》口を開いた。

「だから、絵を確認するのは藍沢先生たちに一任《いちにん》してたんだ。実際《じっさい》、ボランティアが解散《かいさん》したあと、校長と教頭が、会場内の点検《てんけん》がてら空の絵を見たいと言ってきた。その場には藍沢先生もいて、しかたなく案内してやっていたな」

「セレモニー会場のセキュリティーは」

「基本的《きほん》には施錠《せじょう》されている。開いていたのは、セレモニー前日と当日だけだ」

「会場が開いていた具体的な時間はわかるか？」

「6日は朝7時半に開けていたな。施錠《せじょう》は……多分、藍沢先生たちが閉めたはずだ」

赤間の目が一瞬《いっしゅん》左右に揺《ゆ》れた。

「セレモニー当日の7日は、朝8時半くらいかな。藍沢先生と一緒《いっしょ》に鍵《かぎ》を開けたから
こちらは間違《まちが》いないはずだ」

「鍵《かぎ》の管理は？」

彼がそう問うと、赤間は言いにくそうに言葉を濁《にご》した。

「職員室だ。教職員なら誰《だれ》でも手にできる。ただ、監視《かんし》カメラがあるから不用意には
手が出せないし、もし誰《だれ》かが持ち出していてもすぐに裏《うら》が取れる」

そこまで話すと、赤間はうかがうような視線《しせん》を彼に送った。

「ここまで聞いておいて、やっぱり引き受けない、なんてことはないだろ？」

「……しかたないな」

何しろ赤間には恩《おん》がある。しぶしぶ承諾《しょうだく》した彼を見て赤間はパッと笑顔になった。

「やっぱりな、お前ならそう言ってくれると思ってたんだ」

そう言うと、赤間は2枚の紙を講師に手渡《てわた》した。

「セレモニー前日の夜、学校周辺で不審者騒《ふしんしゃさわ》ぎがあった。どうやら何者かが校内に侵《しん》入《にゅう》しようとしていたらしい。不審者《ふしんしゃ》2人のうち1人からは名刺《めいし》を預《あず》かっていて、もう1人は逃《に》げたとのこと。現場《げんば》に予備校の会員カードが落ちていたのを警備《けいび》員が拾ったんだ。今回の件《けん》は外部犯《がいぶはん》ということも考えられるだろうから、控《ひか》えを取ってある」

「ああ」

「もう1枚は、セレモニー前日にボランティアで参加していた3名の生徒、および監《かん》督者《とくしゃ》……つまり、俺と藍沢先生なんだが。その一覧《いちらん》を載《の》せておいた」

「目を通しておこう」

そこまで言うと、赤間はそわそわと指を絡《から》ませはじめる。今までの真剣《しんけん》な様子とは、少し異《こと》なる。

「それで、その、実はな、この事件《じけん》には続きがあって」

赤間の言葉に彼は首を傾《かし》げた。赤間が目を輝《かがや》かせて口を開きかけた、そのとき。

廊《ろう》下《か》から誰《だれ》かの悲《ひ》鳴《めい》が聞こえた。生徒たちだ。赤間は勢《いきお》いをつけて立ち上がると、
大股《おおまた》でドアに駆《か》け寄《よ》り、声を張《は》り上げた。

「どうした⁉」

「幽霊《ゆうれい》が……東雲空の幽霊《ゆうれい》がまた、出たって……！」

生徒の悲鳴が泣き声の混《ま》じったものになる。赤間はそのままドアの外に飛び出した。

「今行く！　幽霊《ゆうれい》はどこだ！」

講師は赤間のその声に、明らかにわくわくした響《ひび》きが混《ま》じっていることに気づく。

「……容疑者《ようぎしゃ》は、この7人か」

手渡《てわた》された紙に目を落とす。講師は不敵《ふてき》な笑みを浮《う》かべ、呟《つぶや》いた。

？ 赤間が受け取ったパズルの答え

成神校舎
九条《クジョウ》 紫乃《シノ》
フリーライター
黄本王賀
kimoto Ouga
赤間 要
遠山 橙子
藍沢 和泉
立野 青斗
一ノ瀬 みどり

証言

「あれをめった切りと言わずになんて言えばいいか俺にはわからん。なにせ、どんな絵が描《か》かれていたのかも判別《はんべつ》がつかなかったんだからな」(赤間)

「生徒たちを含め、俺もどんな絵が描《か》かれていたか見ていない」(赤間)

「幽霊《ゆうれい》が……東雲空の幽霊《ゆうれい》がまた、出たって……!」(成神高校の生徒)

TIPS
ヒント

！容疑者《ようぎしゃ》は7人である

！東雲空の絵画が何者かに切り裂《さ》かれた

！業者によるセッティング後、教員らは絵画に異常《いじょう》がないことを確認《かくにん》

！展示《てんじ》場所の鍵《かぎ》は職員室で管理され、監視《かんし》カメラがあり手が出せない

Episode
1

赤は奇《き》に誘《いざな》われ

絵画が展示《てんじ》された
部屋の名称《めいしょう》

小さな謎《なぞ》

子どもの頃《ころ》といえば、そうだな。小学1年生か、そこらかな。友だちと、公園で遊んでいたんだ。

当時はわりと楽観主義《しゅぎ》の親も多くてな。小学校低学年くらいだったら、子どもだけで遊んでいいって家も多かったんだ。だから、学校が終わったらすぐにランドセルをおいて、公園に行く。公園に行けば誰《だれ》かしらがいて、とりあえず遊び相手には困《こま》らない。俺たちは、知らない子でも、見たことがない顔だったとしても、遊ぼ、と声をかけられたらめったなことがない限《かぎ》り断《ことわ》らなかった。

あのときもそうだった。俺たちはかくれんぼをしていたんだ。俺がじゃんけんで負けて、オニになった。とりあえず数を数えて、お決まりのあの台詞《せりふ》を言うわけだ。

もういいかぁい。もういいよ。もういいかーい！　……もういいよ。

おや、と思った。聞き慣《な》れない声だったんだ。ケンちゃんでもサトシくんでもゆっこちゃんでもない。おかしいな。俺たち、確《たし》か4人で遊んでいたはずなのに。

でも、別に知らん誰《だれ》かが入ってきても不思議じゃない。だから俺は捜《さが》しはじめた。ケンちゃんも、サトシくんも、ゆっこちゃんもすぐに見つかった。でも、最後の1人、聞き慣《な》れない声の子だけが見つからない。

確《たし》かに声は聞こえた。もう1人、いるはずだ。俺は意地になった。他の3人に帰ろうよって声をかけられても嫌《いや》だって突《つ》っぱねた。3人は首を傾《かし》げて、じゃあ先《さき》に帰るねって帰っちまいやがったんだ。

いつの間にか夕方だ。ふと気づけば、公園にはほとんど人がいなかった。正直……びびったね。薄暗《うすぐら》い公園って気味悪いだろ。でも絶対見つけてやる。その一心で、俺はあちこちを覗《のぞ》いて回ったんだ。

もういいかぁい。もういいよ。もういいかーい！　……もういいよ。

声はトンネル形の遊具の中から聞こえてくる。ここだ！　俺は勢《いきお》いよくそこを覗《のぞ》き込《こ》んだ！　……でも、誰《だれ》も、いなかった。なあんだ聞き間違《まちが》いか。そう思って、別のところを捜《さが》そうと振《ふ》り向いた、そのとき。

——もういいよ。

目の前に、いたんだよ。

首だけの、男の子が。

間合いを見計らって、赤間《あかま》は手に持っていた教科書をバンッと勢《いきお》いよく閉じた。

「ヒイッ……！」

話を聞いていた生徒たちから、引きつったような悲鳴《ひめい》が発せられる。

「ちょっと！　そういうのやめてよセンセー！」

「マジびびった。ふざけんなし！」

あっという間に非難囂々《ひなんごうごう》である。口では文句《もんく》を言っているが、生徒たちの顔は綻《ほころ》んでいる。みんな、赤間が雑談《ざつだん》を挟《はさ》むのを楽しんでくれるのだ。だから赤間もついつい授業《じゅぎょう》の途中《とちゅう》で脱線《だっせん》し、お得意の怪談《かいだん》を披露《ひろう》してしまう。

赤間は「ざまあみろ」と明るく笑ってみせた。

「ねー先生、今のってどこまでマジの体験談なの？」

「いやあ、それがな。俺にもわからないんだ」

生徒の言葉に、赤間は頭を掻《か》いてみせる。

「俺自身は本当にあったことだって信じてるんだが。昔のことだし、思い違《ちが》いかもしれんし。まあ、それもまた怪談《かいだん》のいいところってな」

「で⁉　結局その首だけの子を見たあと、先生はどうしたの⁉」

　前のめりで質問《しつもん》してきた生徒に赤間が答えようとした、そのとき。チャイムの音が教室に響《ひび》く。

「残念《ざんねん》だな。今日はここまで。明日はちゃんと授業《じゅぎょう》をやるぞ。そうそう何度も脱線《だっせん》してらんないからな」

　ブーイングを軽《かろ》やかに受け流し、赤間は教室をあとにした。


　赤間は子どもの頃《ころ》から、怪談《かいだん》や幽霊《ゆうれい》の話が好きだった。理由は定《さだ》かではない。しかし、ぞくぞくするような怖《こわ》い話や謎《なぞ》めいた話は、どんなアクションマンガや恋愛《れんあい》ドラマよりも彼を興奮《こうふん》させたものだ。

　大人になった赤間は、SNS《エスエヌエス》で知り合った友人たちと立ち上げたオカルトサークルに通っている。サークルとはいっても、活動らしい活動といえば仕事のあとで集合し、古今東西の妖《あや》しい話にうつつを抜《ぬ》かすといった無害なものだ。これがまた大変楽しい。趣味《しゅみ》を通り越《こ》して、生きがいにまでなりつつあった。

今日も赤間は仕事を終えると、意気揚々《いきようよう》と友人たちの集まる飲食店へと向かった。

「東京にさあ、悪魔《あくま》を呼《よ》び出す本を取り扱《あつか》ってる店があるらしいんだよ」

仲間の1人が酒を飲みながらそんな話をする横で、赤間も負けじとビールをあおって相づちを打った。

「悪魔《あくま》ねえ。俺は悪魔《あくま》よりも幽霊《ゆうれい》がいい」

「幽霊《ゆうれい》といえば、こういう話があるの知ってるか？」

別の友人が猪口《ちょこ》を傾《かたむ》けながら赤ら顔で語る。

「芸術家《げいじゅつか》の中には魂《たましい》を削《けず》って作品を作るやつらがいるだろう」

その友人が話した内容《ないよう》はこうだ。

芸術家《げいじゅつか》の中には憑依《ひょうい》タイプと呼《よ》ばれる人たちがいる。その人たちは文字通り魂《たましい》を注《そそ》ぎ込《こ》み、命を削《けず》って作品を生み出すのだという。そのタイプの芸術家《げいじゅつか》が命を落としたのちに遺《のこ》された作品が傷《きず》つけられると、亡《な》くなった本人が怒《おこ》り、幽霊《ゆうれい》となって彷徨《さまよ》い出る、と。そういう噂《うわさ》があるのだそうだ。

「へえ」

赤間の目が抑《おさ》えきれない興奮《こうふん》に輝《かがや》いた。

「いいな、それ。いっそ木っ端《こっぱ》みじんにしてみたらどうだろう。そうしたら、本物の幽霊《ゆうれい》に会えたりするのかもしれないな」

流し込《こ》んだビールが軽《かろ》やかに喉《のど》を通り、胃《い》にたまっていくのがわかる。

「試《ため》してみたいな」と囁《ささや》いた声は、店の喧噪《けんそう》に溶《と》けて消える。ここに集まるメンバーは、こういう話が好きというだけで、本当に不可思議《ふかしぎ》なことがあるとは思っていないのだろう。だが、赤間は常《つね》に考えていた。

霊《れい》は本当に存在《そんざい》しているのではないか？

自分たちが見ている世界だけが正しいだなんて、誰《だれ》が決めたんだ？

霊《れい》を見たい。幼《おさな》い頃の思い出が、真実だったという証拠《しょうこ》が欲《ほ》しい。それが赤間の、心の底からの願望《がんぼう》だ。


「当たり前だろ。このあとずっと職員会議《かいぎ》だよ」

生徒の質問《しつもん》にそう返したあと、赤間は部屋から生徒たちを追い出した。

セレモニーの準備《じゅんび》は無事に終わった。そのことにほっとしつつ、軽く息を吐《は》く。今回のボランティア3名のうち、2名はなかなか癖《くせ》が強かった。特に立野青斗《たてのあおと》には参った。空《そら》の絵が見たくてしかたがないのだろう、彼が隙《すき》を見て絵画に近づこうとするのを阻止《そし》したのは一度や二度ではない。疲労感《ひろうかん》をおぼえ、赤間は眉間《みけん》を指で押《お》さえる。

スマホで時間を確認《かくにん》すると、もう19時半だ。同じ監督者《かんとくしゃ》の教師、藍沢《あいざわ》と一緒《いっしょ》に部屋を出ると、校長、教頭が連れ立って廊下《ろうか》を歩いてくるのが見えた。嫌《いや》な予感がする。

教頭は軽く手を上げ、場違《ちが》いなほど朗《ほが》らかな声で話しかけてきた。

「お疲《つか》れさまです。準備《じゅんび》はどうですか」

「今終わったところです。すぐ会議《かいぎ》ですよね？　今、鍵《かぎ》を閉めますから……」

「いえ、ちょっと先に見せてもらえないかと思って。あの東雲《しののめ》さんの遺作《いさく》でしょう。どんなものかと思いまして、ほら、点検《てんけん》も兼《か》ねてね。ねえ、校長先生」

藍沢は困惑《こんわく》したように眉《まゆ》を下げ、「……では、案内しますね」と頷《うなず》いた。

藍沢の案内で部屋に入ると、校長と教頭はまっすぐ絵画の元へと向かった。絵画の説明をする藍沢の声、2人の感嘆《かんたん》が耳に入り赤間は眉《まゆ》をひそめる。まるで物見遊山《ものみゆさん》気分だな、と思ってしまう自分に嫌悪《けんお》をおぼえ、軽く首を振《ふ》った。

「……すみません、ちょっと外します」

そう言い捨《す》てて、赤間はその場をあとにした。


セレモニー当日の朝。赤間はいつもの『ベーカリーやまもと』に寄《よ》った。

「あら先生！　今日はいつもの時間なのね。はい、いつもの焼きそばパン」

「いやあ、昨日の夜はごめんなおばちゃん。突然《とつぜん》あんな時間に押《お》し掛《か》けて、しかも長話になっちゃってさ。夜食の焼きそばパン、おいしかったよ！」

軽く店主と言葉を交わしてパンを受け取り、急いで店をあとにする。あっという間に学校に到着《とうちゃく》し、職員室で藍沢と合流した。

そして、あの……絵画の事件《じけん》が発覚した。


赤間は、出勤してすぐ教職員用の昇降口《しょうこうぐち》で靴《くつ》を履《は》き替《か》えた。カバンを一度職員室に置き、廊下《ろうか》に出る。

あの事件《じけん》が起きてから、赤間はなるべく校内を歩き回ることにしている。見回り強化と他の先生には思われているに違《ちが》いない。しかし、赤間の本当の目的は別のところにあった。彼の悪癖《あくへき》が騒《さわ》いでいる。今がチャンスだと心の中で悪魔《あくま》が囁《ささや》く。

少し進んだところの渡《わた》り廊下《ろうか》を渡《わた》ろうとしたときだった。

「……赤間先生、おはようございます」

突然の声に驚いて振り返ると、ボブカットの少女と目が合った。

「と、遠山《とおやま》さん。おはよう。どうしたんだ？」

担任《たんにん》しているクラスの生徒、遠山橙子《とうこ》だ。彼女は左右に視線《しせん》を揺《ゆ》らし、緊張《きんちょう》しているようだった。彼女はあまり積極的に教師に話しかけてくる生徒ではない。良くも悪くも真面目という印象《いんしょう》だが、いったいどうしたというのだろう。

意を決したように彼女は唇《くちびる》を開く。しかし、何も言わずにぺこりとお辞儀《じぎ》をした。

そのまま踵《きびす》を返し、廊下《ろうか》へと戻《もど》っていってしまう。

「え、お……おい！」

首を傾《かし》げる赤間の後ろで、男子生徒数名の話し声が聞こえた。

赤間は気を取り直し、男子生徒たちの横をすり抜ける。渡《わた》り廊下《ろうか》を渡《わた》りきり校舎《こうしゃ》へ入ると、最上階まで階段《かいだん》をのぼった。

ひと息つく。じっとりと手に汗がにじんでいる。赤間には、ひどく緊張している自覚があった。

ゆっくりと東に進んだ。がらんどうの廊下《ろうか》には赤間の足音が響《ひび》く。朝練だろうか、外からテニスボールを打つ音とともに、「ナイスサーブ！」と掛《か》け声が左耳に届《とど》いた。

その廊下《ろうか》の突《つ》き当たり。絵画が展示《てんじ》された部屋の扉《とびら》はきっちりと閉《と》ざされている。

赤間はしばらくその前で立ち尽《つ》くしていた。

絵が切り裂《さ》かれたあと、この部屋の周辺で幽霊《ゆうれい》を見たという生徒があとをたたない。東雲空が出たのだとパニックになる生徒も多かった。

この扉《とびら》の向こうに東雲空の絵がある。まだ切り裂《さ》かれた状態《じょうたい》で、そこに。

もし、幽霊《ゆうれい》がいるなら。赤間はごくりと喉《のど》を鳴らした。

――見たい。教師としての倫理《りんり》観と赤間本人の願望が、天秤《てんびん》にかけられて揺《ゆ》れ動く。こんなに熱望《ねつぼう》しているのに、見たいと思っているのに。もし本当に幽霊《ゆうれい》がいるなら、姿《すがた》を見せてくれ……！

震《ふる》える手で扉《とびら》に手をかけたそのとき。

「赤間先生？」

しっとりとした女性の声に呼《よ》び止められて、赤間は慌《あわ》てて扉《とびら》から手を離《はな》した。振《ふ》り向くと、いつの間にか藍沢がいる。怪訝《けげん》な表情《ひょうじょう》で赤間を見つめていた。

「開きませんよ。鍵《かぎ》をかけてますから」

「そう……ですよね。忘《わす》れてました。ははは」

現場保存《げんばほぞん》を、ということで、あの事件《じけん》のあとすぐに部屋に鍵《かぎ》がかけられた。そのことをすっかり失念していたのだ。そこまで考えて、赤間はふと藍沢を見た。この部屋は、職員室へ向かうついでに寄《よ》れるような場所ではない。

「藍沢先生。先生は、なんでこの場所に……」

藍沢は展示《てんじ》場所の扉《とびら》をじっと見つめ、耐《た》えきれないというように目を逸《そ》らした。

赤間の耳に、藍沢の「謝罪《しゃざい》を……」という密《ひそ》やかな声が届《とど》く。

「……きっと東雲さんは私のことを恨《うら》んでいるの」

「藍沢先生、何を突然《とつぜん》……」

「私がしたことを、許《ゆる》せないのよ。だから彼女は怒《おこ》って、それで……！」

嗚咽《おえつ》を漏《も》らしはじめた藍沢に思わず駆《か》け寄《よ》る。普段《ふだん》は冷静な美術《びじゅつ》教師がここまで取り乱《みだ》すのを、赤間は見たことがない。

「東雲さんは怒《おこ》って、だから出てきたんです。――幽霊《ゆうれい》になって、ここに！」

藍沢は涙《なみだ》にぬれた瞳《ひとみ》で赤間を見上げた。

「ど、どういうことです……？　藍沢先生は、いったい何をしたんですか」


「なるほどね、それで、藍沢先生はそのあと、何も言わなかった……と」

「そうなんだよ。もう心配でさあ……。そりゃ、あの絵画の状態《じょうたい》を見たら、情緒《じょうちょ》不安定になってもしかたないかもしれんが。にしても、取り乱《みだ》し方が尋常《じんじょう》じゃなかった」

放課後、情報処理準備室《じょうほうしょりじゅんびしつ》。赤間から藍沢の様子を聞き取っていた講師は、読んでいた本から顔を上げると、軽く頷《うなず》いた。

「……貴重《きちょう》な情報《じょうほう》、どうもありがとう」

そう言ったきりまた本を読みはじめた講師に、赤間は焦《じ》れたように言いつのる。

「なあ。なにか進展《しんてん》はないのか？　お前の見解《けんかい》は？」

「赤間には教えない」

「なんで！」

「君も容疑者《ようぎしゃ》だ。不用意に情報《じょうほう》は渡《わた》せないよ」

講師の言葉に赤間は苦笑いを浮《う》かべる。講師が自分を容疑者《ようぎしゃ》だと思っていることは、赤間にとって想定の範囲《はんい》内だ。しかし、こうして面と向かって『疑《うたが》っているぞ』と示《しめ》されると、反応《はんのう》に困《こま》る。

食えないやつだな、と言い残して、赤間は情報処理準備室をあとにした。

？ 絵画が展示《てんじ》された部屋の名称《めいしょう》

証言

「当たり前だろ。このあとずっと職員会議《かいぎ》だよ」（赤間）

「昨日の夜はごめんなおばちゃん。突然《とつぜん》あんな時間に押《お》し掛《か》けて、しかも長話になっちゃってさ」（赤間）

「東雲さんは怒《おこ》って、だから出てきたんです。——幽霊《ゆうれい》になって、ここに！」（藍沢）

TIPS

ヒント

！赤間は幽霊《ゆうれい》を見たい

！セレモニーの準備《じゅんび》が終わったあと、複数《ふくすう》の教員で絵画を確認《かくにん》している

！セレモニー後、絵画が展示《てんじ》された部屋の周辺で幽霊騒《ゆうれいさわ》ぎが起きている

Episode 2

オレンジ色の後《こう》悔《かい》

音楽系配信者の
新曲のタイトル

小さな謎《なぞ》

遠山橙子《とおやまとうこ》は、幼《おさな》い頃《ころ》からキラキラのお姫様《ひめさま》に憧《あこが》れていた。いつかイケメンの王子様が現《あらわ》れて橙子の手を恭《うやうや》しく取ってくれる。2人は結ばれ、永遠《えいえん》に幸せになるのだと信じていた。子どもっぽいと笑われるかもしれない。でも、憧《あこが》れずにはいられないのだ。素敵《すてき》な人と相思相愛の関係になるというのは、きっととても幸せなことなのだろう。

体育館にパイプ椅子《いす》が並《なら》んでいる。橙子はそのひとつに腰《こし》を下ろしていた。

「なんかドキドキするね」

隣《となり》に座《すわ》っている同じクラスの友人が橙子に話しかける。

「うちの学校、演劇《えんげき》部が有名なんだって。だから一回見てみたかったんだ」

高校1年の春。放課後に演劇《えんげき》部の公演《こうえん》があるのだとこの友人から誘《さそ》われた。橙子自身はあまり演劇《えんげき》には興味《きょうみ》がなかったので、曖昧《あいまい》に頷《うなず》いたものだ。

「でも、驚《おどろ》いた。東雲《しののめ》さんも演劇《えんげき》とか見るんだ」

体をぐっとひねり、後ろを向いて友人が声をかけたのは、同じクラスの東雲空《そら》だった。橙子の真後ろの席に偶然《ぐうぜん》座《すわ》っていた空は、小首を傾《かし》げてにこりと笑う。

「うん。私、お芝居《しばい》、すごく好きなんだ」

友人と話す空を見て、橙子は意外に感じた。東雲空が、思った以上に気さくな印象《いんしょう》だったからだ。

入学してからしばらく経《た》つが、橙子は空と話したことがなかった。

東雲空はマンガでいうところのヒロインだ。美人で、儚《はかな》げで、線が細い。しかも、絵の世界で一目置《お》かれているというオプションつきだ。おいそれと近づいてはいけないオーラが漂《ただよ》っていた。

小首を傾《かし》げた空の首元でキラリと光るものがある。ネックレスだ。シルバーの鎖《くさり》の先端《せんたん》で青いガラスがキラリと光る。空の儚《はかな》げな美貌《びぼう》と相まって、よく似合《にあ》っていた。

東雲さん、と、勇気を出して、橙子は空に声をかける。

「そのネックレス、すごく素敵《すてき》」

そう言うと嬉《うれ》しそうに空が笑った。

「ありがとう。これ、プレゼントなの」

まるで花が咲《さ》いたような笑顔だった。そのはにかんだ笑顔を見て、橙子は確信《かくしん》する。

きっと空のネックレスは、恋人《こいびと》からもらったものなのだ、と。

自分も、そんな恋《こい》がしたい。空のようにヒロインではなくても、脇役《わきやく》の自分でも、素敵《すてき》な恋《こい》をしたい。

だから、その演劇《えんげき》部の公演《こうえん》で初めて青斗《あおと》の存在《そんざい》を認識《にんしき》したときは、まさに運命だと思ったのだ。

演劇《えんげき》部の公演《こうえん》を見てからというもの、橙子の頭の中は青斗一色だった。

橙子は何度か青斗に話しかけようと試みた。電車内で見かけたとき。廊下《ろうか》で彼とすれ違《ちが》ったとき。昇降口《しょうこうぐち》で帰宅《きたく》しようとしていた彼に会ったとき。演劇《えんげき》部の部室に向かおうと歩いている彼を見かけたとき。でも、喉《のど》がひりついて、声が出ない。

青斗の、少し口の端《はし》を上げるような皮肉な笑顔。ニキビひとつない額《ひたい》にかかる、さらさらの前髪《まえがみ》。片手《かたて》をポケットにつっこみ、片方《かたほう》に重心《じゅうしん》をかけた青斗独特《どくとく》の立ち姿《すがた》。

橙子には、青斗のすべてが輝《かがや》いて見えた。どうしてこんな人がこの世に存在《そんざい》するのだろう。見ているだけで精一杯《せいいっぱい》だ。

橙子の恋《こい》は何も進展しないまま、気づけば高校2年になっていた。

学校内は文化祭の準備《じゅんび》でせわしない。文化祭の実行委員に立候補《りっこうほ》したのは、少しでも青斗に近づきたい一心からだった。実行委員になれば、文化祭で発表をする各部活とも接点《せってん》ができる。青斗の所属《しょぞく》する演劇《えんげき》部とやりとりすることも増《ふ》えてくる。

「橙子ちゃん」

声をかけられて振《ふ》り返ると、東雲空が微笑《ほほえ》んでいる。1年前、演劇《えんげき》部の春公演《こうえん》の前に話しかけたのをきっかけに、空と橙子は友だちの枠《わく》に入るくらいの仲になっていた。

「文化祭の看板《かんばん》のことだけど、ラフは橙子ちゃんに渡《わた》せばいいんだよね？」

橙子のクラスでは文化祭に模擬店《もぎてん》をやる。先ほどクラスの夕会で、看板《かんばん》の絵を誰《だれ》が描《か》くかというのが問題になった。誰《だれ》も手を挙げずに途方《とほう》に暮《く》れていたところを「もしよければ」と空が手を挙げてくれた。まさかプロに頼《たの》めるなんて、とクラスの全員が驚《おどろ》いたものだ。もちろん、橙子もそのうちの1人である。

「うん、それで大丈夫《だいじょうぶ》だよ。あの……東雲さん、ありがとう、引き受けてくれて」

「えっ？」

「東雲さんが手を挙げてくれたから、すごく助かったの。ありがとう！」

こっちこそ、と空は笑顔を見せる。

「私、今までこういう行事で絵を描《か》くことってなかったから。すごく嬉《うれ》しいんだ」

そう言って微笑《ほほえ》む空の首元で、あのネックレスがキラキラ光った。

文化祭の準備《じゅんび》は滞《とどこお》りなく進んでいく。夏休みに入る直前のことだった。

演劇《えんげき》部の部室に書類を取りに行く、というまたとない機会に恵《めぐ》まれた橙子は、地に足がつかない心持ちだった。ひと目青斗を見られればラッキーだ。そんなテンションで部室を訪《おとず》れ、扉《とびら》を開けた橙子は、一瞬《いっしゅん》、何が起こったのかわからなかった。

室内には、青斗がひとりきりだった。

窓際《まどぎわ》に立ち、手には脚本《きゃくほん》だろうか分厚《ぶあつ》い紙の束を持っている。紙に落とされていた青斗の瞳《ひとみ》が、すっと上がり、橙子を真正面から見た。

息が止まりそうになる。青斗が自分を見ている。自分だけを見ている。

「えっと……遠山さん？　だったよね」

青斗の形のよい唇《くちびる》が、橙子の苗字《みょうじ》を口にした。とたん、しびれるような感覚が頭からつま先までを駆《か》け抜《ぬ》ける。名前をおぼえていてくれた。抑《おさ》えきれない興奮《こうふん》で、心臓《しんぞう》が破裂《はれつ》しそうになる。

「ああ、そっか。体育館の貸し出し許可申請書《きょかしんせいしょ》？　えっと、どこだっけ」

青斗は脚本《きゃくほん》の束を側《そば》の机《つくえ》に置き、カバンの中をゴソゴソとあさりはじめる。

何か話さなければ、と橙子は焦《あせ》った。でも、何を話せばいい。声が喉《のど》に張《は》り付いて、引っかかったかのような感覚に橙子は喘《あえ》いだ。

「あった。はい、これ」

青斗が、すっと書類を差し出した。

「遠山さん？」

「……あっ、す、みません」

橙子は赤面する。慌《あわ》てて書類を受け取った、そのときだった。

青斗の首元に、青い輝《かがや》きが見える。ネックレスが——見おぼえのある、あの青いガラスのネックレスが、キラキラと輝《かがや》いていた。

それからどうやって部室をあとにし、書類を提出《ていしゅつ》したのか。どうやって帰宅《きたく》したのか、橙子はおぼえていない。

気づけばいつの間にか、自分の家に着いていて、自室でベッドに転がっていた。

あの青い輝《かがや》きは、空の首元にあるものと同じだ。青斗と空が同じネックレスをつけている。そんなの、意味するところはひとつに決まっている。

プレゼントなの、とはにかんだ空の笑顔が脳裏《のうり》に浮《う》かんだ。幸せそうな笑顔。やっぱり、ヒーローはヒロインとくっつく運命なのだ。自分みたいな脇役《わきやく》は、その権利《けんり》ももらえない。そういうことだ。

どんなに我慢《がまん》しても無理だった。嗚咽《おえつ》はしだいに泣き声になり、号泣になった。激《はげ》しい感情《かんじょう》が橙子を襲《おそ》う。枕《まくら》に顔を埋《うず》めて、橙子は散々泣いた。

いったい、どれくらいの時間が経《た》ったのだろう。ぼんやりとスマホをいじる。いつも見ている動画サイトで人気の音楽系配信者の新曲が公開されていた。

軽快《けいかい》な音楽とともに、歌詞《かし》が橙子の耳に届く。

『午前7時の朝日を浴びたら　さあ歩き出そう
見た目なんか気にしない　ココロもぜんぶ自然体

ステップ踏んで　約束の地へ行くの
手には　あの日の涙のあと
バイバイ、昨日までの私』

橙子はその歌のタイトルを見て思わずクスッと笑った。

この配信者は歌詞《かし》に凝《こ》っていることで有名である。今回も仕掛《しか》けがあると思ったのだが案の定だ。笑えたことで、橙子は少しだけ気持ちが楽になったような気がした。

今まであれほど観察していたのに、どうして青斗と空が付き合っていることに気づかなかったのだろう。

昼休みの中庭。ふと屋上を見ると青斗が空と一緒《いっしょ》に笑っていた。いつもの皮肉な笑みではなく、大切なものを見つめるような柔《やわ》らかな瞳《ひとみ》で空に笑いかけている。

橙子は唇《くちびる》を噛《か》みしめた。こんな気持ちになったのは生まれて初めてだった。

それからすぐあとのことだ。空が学校を休みがちになったのは。

「ねえ、東雲さんの看板《かんばん》ラフまだ?」

クラスメイトが焦《あせ》った様子で橙子に迫《せま》る。

「もう日数がないよ。遠山さん実行委員でしょ。なんとかしてよ!」

橙子は拳《こぶし》を握《にぎ》りしめる。行き場のない、様々な感情《かんじょう》が心の中に芽生えはじめた。

そして文化祭の直前。

「ごめんね、橙子ちゃん」

久《ひさ》しぶりに登校した空は気まずそうな顔で笑う。クラスの朝会が終わった直後、空は橙子の席に駆《か》け寄《よ》り、1枚の紙を手渡《てわた》そうとした。

「これ……ラフ。本当に遅《おそ》くなっちゃったけど。今から頑張《がんば》って仕上げるよ」

「は?　……あのさ、東雲さん。今日いつだかわかってる?」

思った以上に冷たい声が出た。

「もう文化祭まで日にちないんだよ。とっくに他の人に描《か》いてもらったよ」

これは八つ当たりだ。わかっていても、橙子の舌は止まってはくれない。

「休んでばっかりでやる気ない人に頼《たの》むんじゃなかった。いまさら、中途半端《ちゅうとはんぱ》に学校に来られても困《こま》るんだよね！」

そのときの空の顔を、きっと橙子は一生忘れないだろう。目を極限《きょくげん》まで見開いた、絶望《ぜつぼう》を貼《は》り付けたような青白い顔。空の「ごめんね」というか細い声を、橙子は意識《いしき》的に聞かないようにした。

空が悪い。だから、翌日《よくじつ》から空が学校に来なくなったのは、自分のせいではない。

そのまま文化祭が終わっても空が来ないのは、自分のせいでは――……。


あと少しで今年も終わるという12月6日の朝。

橙子はドアが閉まりかけていた電車に飛び乗り、ひと息ついた。越境《えっきょう》通学をしていたので、彼女の自宅《じたく》の最寄《もよ》り駅は成神《なりかみ》駅まで1時間とかなり離《はな》れている。席はどこも空いていない。重い気持ちで吊革《つりかわ》につかまっていた、そのとき。

橙子の目に青斗の姿《すがた》が映《うつ》った。同じ電車内に青斗がいる。彼はうつむき、自らの首元に手を添《そ》えていた。彼の首元にはまだ、あの青いネックレスが輝《かがや》いているのだろう。

橙子は自らの胸《むね》に手を置いて、心の痛《いた》みと闘《たたか》った。

東雲空が難病《なんびょう》にかかっていたこと。学校に来なかったのは通院のためだったこと。そして、入院したのち、亡《な》くなったこと。橙子がこれらの事情《じじょう》を知ったのは、すべてが終わってからのことだ。知らなかった、体調が悪かったなんて。でも、後悔《こうかい》してももう遅《おそ》い。どんなに謝《あやま》りたくても空は戻《もど》ってはこないのだ。

その東雲空の遺作《いさく》が、成神《なりかみ》高校に飾《かざ》られる。公開セレモニーを執《と》り行うので、準備《じゅんび》のボランティアを募集《ぼしゅう》している。そう担任《たんにん》の赤間《あかま》が話した瞬間《しゅんかん》、橙子は絶対に参加しようと決めていた。そうしなければならなかった。

15時からのセレモニーの準備《じゅんび》が終わると、時刻《じこく》は夜の19時をとっくに回っていた。

「みんなお疲《つか》れさま。そろそろ帰りなさい。もう暗いから、気をつけて」

藍沢《あいざわ》が淡々と言った。青斗は名残惜《なごりお》しげに布《ぬの》がかけられた絵を見つめ、展示《てんじ》場所を出て行った。思わずそのあとを追いかけるように橙子もその場をあとにする。

「センセー、まだ帰んないの？」

「当たり前だろ。このあとずっと職員会議《かいぎ》だよ」

別のクラスの一ノ瀬《いちのせ》みどりが赤間に話しかけている声が耳に届《とど》いた。

昇降口《しょうこうぐち》で靴《くつ》を履《は》き替《か》えて校門を出ると、ちょうど目の前に青斗の後ろ姿《すがた》があった。声をかけるか迷《まよ》い、橙子は口を閉《と》ざした。いったい彼にどんな言葉をかければいいというのだろう。青斗の、男性にしては細い肩《かた》が商店街の頼《たよ》りない明かりに溶《と》けそうになるのを見つめながら、成神駅までの15分間を黙々《もくもく》と歩く。寒さに震《ふる》えながら待ち、やっと来た電車に乗り込《こ》んだときには、ホームのからくり時計が軽《かろ》やかな音で20時の鐘《かね》を鳴《な》らしていた。

結局《けっきょく》、橙子は青斗に声をかけることができないまま、最寄《もよ》り駅で降《お》りる。吐《は》く息が白い。冬のホームは、まるで橙子の心のように冷え冷えとしていた。

セレモニーから少し経《た》った日の放課後。橙子は図書室で椅子《いす》に腰《こし》を下ろしていた。

「橙子？　何してんの？」

友人の声が橙子の耳に届《とど》いた。見れば、友人が廊下《ろうか》から図書室の中を覗《のぞ》き込《こ》むようにしている。橙子は「待ってるの」と小さく呟《つぶや》いた。

「……会って、謝《あやま》らないといけないから」

囁《ささや》いた声は友人には届《とど》かなかったようだ。友人は廊下《ろうか》からさらに言いつのる。

「この辺幽霊《ゆうれい》が出るって噂《うわさ》あるし、早く帰った方がいいんじゃないの？」

橙子は動かない。友人は橙子の様子にも気づかず話し続ける。

「『許さない』って言ってたの、聞いた子もいるみたいだよ。怖《こわ》いよね」

反応《はんのう》を示《しめ》さない橙子に友人はあきらめたようだ。肩《かた》を竦《すく》めてその場を去った。

冬は日が落ちるのが早い。オレンジと灰色《はいいろ》が混《ま》じったような図書室で、橙子はじっとそのときを待っていた。その橙子の耳に、音が、届《とど》いた。

トン……トン、と、まるで誰《だれ》かが階段《かいだん》をのぼっているかのような音だ。ハッと橙子は顔を上げた。図書室の室内窓《まど》は四角く廊下《ろうか》の一部を切り取っている。すでに暗い。明かりは落とされている。外から入るかすかな斜陽《しゃよう》の光源《こうげん》を頼《たよ》りに、橙子は息をひそめて窓《まど》ごしの廊下《ろうか》を見つめた。

初めは、手、だった。青白い手が薄暗《うすくら》がりの中を泳いでいる。衣擦《きぬず》れの音とともに、細い体が廊下《ろうか》にふわりと現《あらわ》れた。何かを探《さが》すかのように細い手は廊下《ろうか》を泳ぎ、ゆらゆらと揺《ゆ》れている。乱《みだ》れた髪《かみ》の毛。そして、斜陽《しゃよう》のか細い光を集めて光っているのは、あの青いネックレス――……。

声にならない叫《さけ》びが橙子の喉《のど》から放たれた。待っていたはずだ。覚悟《かくご》もしていた。けれど、その覚悟《かくご》はあっという間に霧散《むさん》した。体が勝手に逃《に》げようと立ち上がった。派手《はで》に椅子《いす》に脚《あし》をぶつけ、大きな音が鳴った。その物音に気づいたのであろう、幽霊《ゆうれい》――空は、こてんと首を傾《かし》げて立ち止まり、橙子を――見た。目が、合った。

心臓《しんぞう》が激《はげ》しく鳴っている。浅く息を紡《つむ》ぎながら、橙子はその幽霊《ゆうれい》を見つめていた。金縛《かなしば》りにあったかのようだ。動くことも、目を逸《そ》らすことも、できない。

幽霊《ゆうれい》の、乱《みだ》れた髪《かみ》の隙間《すきま》から異様《いよう》に光る目が見えた。体は片方《かたほう》に重心を置いたように傾《かたむ》いている。青い唇《くちびる》がかすかに開き、何かを囁《ささや》いて……踵《きびす》を返した。足音がゆっくりと遠ざかっていく。――幽霊《ゆうれい》が、去った。

どっと冷汗《ひやあせ》が流れる。空気を一気に吸《す》い込《こ》んで、橙子は咳《せ》き込《こ》んだ。今のは、本当にあったことなのだろうか？　あったことだ。だって、自分はこの目で見た。

橙子は先ほどの幽霊《ゆうれい》の姿《すがた》を思い出し――……。

そして、気づいた。

その出来事から数日後。

「遠山橙子さん。ここに来てもらったのは、君に聞きたいことがあるからなんだ」

情報処理準備室《じょうほうしょりじゅんびしつ》で数学講師は椅子《いす》に腰《こし》を下ろし、橙子を見上げている。橙子が緊張《きんちょう》していると気づいたのだろう、講師はにこりと笑う。まるで大丈夫《だいじょうぶ》だと言っているような柔《やわ》らかい笑みだった。講師はポケットの中から1枚のメモを取り出す。それを見て、橙子は自分がどうして彼に呼《よ》ばれたのか理解《りかい》した。

「……私は、絵画のことは何も知りません」

でも、と言葉を続けようとして、息をつく。張《は》り詰《つ》めていた糸が緩《ゆる》み、橙子の瞳《ひとみ》から涙《なみだ》がひとつぶ零《こぼ》れ落ちた。

証言

「そろそろ帰りなさい。もう暗いから、気をつけて」（藍沢）

「……会って、謝《あやま》らないといけないから」（橙子）

「……私は、絵画のことは何も知りません」（橙子）

TIPS
ヒント

！青斗と空は恋人《こいびと》同士だった

！橙子の自宅《じたく》の最寄《もよ》り駅からは成神駅まで電車で1時間かかる

！橙子は幽霊《ゆうれい》の正体を見た

Episode 3

成神地方《なりかみちほう》におけるか黄泉《よみ》がえりの伝承《でんしょう》について

呪符《じゅふ》に書かれた呪文《じゅもん》の意味

小さな謎《なぞ》

★【実話】○県○神山のある町について

0584 本当にあった恐ろしい名無し
2024/12/6 22:18:56.20
さっき近くの高校で人魂っぽいの見た……

0585 本当にあった恐ろしい名無し
2024/12/6 22:19:02.51
>>584
○神高校？　あの辺、心霊スポットで有名だぞ

0901 本当にあった恐ろしい名無し
2024/12/9 22:21:02.09
>>891
成○高校で死んだ女子高生の霊が出たってやつ、マジ？

週刊《しゅうかん》サニーデイ別冊《べっさつ》　2002年8月号掲載《けいさい》
「成神《なりかみ》地方における黄泉《よみ》がえりの伝承《でんしょう》について」

成神山《なりかみやま》の奥地《おくち》には幻《まぼろし》の一族が住む集落《しゅうらく》があるという。百合《ゆり》の花を家紋《かもん》とするその者たちは、ある方法で死者の黄泉《よみ》がえりを行っていたと言われている。

成神山の麓《ふもと》の住民は、亡《な》くなった親しい人に会うために、盆《ぼん》の時期になると灯《あか》りを携《たずさ》え山に登った。成神山の奥《おく》には百合紋《ゆりもん》の一族のための祭壇《さいだん》が組まれており、死者に会いたいと願う者はその祭壇《さいだん》に贄《にえ》を捧《ささ》げ、(＊1)呪符《じゅふ》を納《おさ》めた。(＊2)

願いが聞きとげられれば死者は黄泉《よみ》がえり、願った者の元に戻《もど》ると言われている。

(＊1) 贄《にえ》は黒い姿《すがた》をしたものがよいとされていた。烏《からす》、家守《やもり》、甲虫《かぶとむし》などの生き物が主だが、時代が下がるにつれて植物が使われるようになった。成神山の麓《ふもと》は黒百合《くろゆり》の群生地として有名であるが、これは生《い》け贄《にえ》文化の名残《なごり》と言われている。

(＊2) 呪符《じゅふ》には「作ル助冥帰」と書かれているのが一般《いっぱん》的である。この札《ふだ》に月の満ち欠けを模《も》した絵を描《えが》き、祭壇《さいだん》に納《おさ》めるのがよいとされていた。

「この地方に伝わる伝承《でんしょう》ですか。面白いものを調べているんですね」

そう言いながら、白い服を着た男は一度顎《あご》に片手《かたて》を添《そ》え、考え込《こ》むように小首を傾《かし》げてみせた。その興味《きょうみ》深そうな男の反応を見て黄本《きもと》の顔が綻《ほころ》んだ。

「嬉《うれ》しいことを言ってくれますね。そうなんですよ。面白いんですよ」

成神《なりかみ》駅にほど近い、『バー碧《あお》の湖面』。それこそ成神《なりかみ》市がまだ町だった頃《ころ》から営業《えいぎょう》しているというこの店は、常連《じょうれん》客が多く、様々な情報《じょうほう》が手に入る。今日も今日とて黄本はバーに入り浸《びた》り、情報収集《じょうほうしゅうしゅう》にいそしんでいた。

その黄本に「なにか調べ物でも？」と声をかけてきたのが、白い服の男だ。話を聞けば、彼は成神《なりかみ》高校で数学の講師をしているのだという。

願ったり叶《かな》ったりだ、と黄本は唇《くちびる》をなめる。この白い服の男——講師からも情報《じょうほう》を引き出せれば、もっと面白い記事が書けるだろう。

黄本はフリーのWEB《ウェブ》ライターだ。今までは芸能《げいのう》関係の記事やら冬のおすすめデートスポットやら、一般受《いっぱんう》けするような記事を書いていたのだが、不景気も相まって仕事は先細りする一方である。このままでは廃業《はいぎょう》を考えなければならないところまで追い詰《つ》められた。

だから、長年お世話になっているクライアントが、「興味《きょうみ》があれば」と連絡をくれたのは彼にとってまさに渡《わた》りに船だったのだ。

『今ねえ、モキュメンタリーが流行《はや》ってるでしょ』

11月22日。電話越《ご》しに、クライアントは嬉々《きき》として語った。

『その波に乗っかろうかと思って。でも、うちの傾向《けいこう》からして、モキュメンタリーはダメって言われちゃってさあ』

それはそうだろうと黄本は曖昧《あいまい》に笑った。モキュメンタリーはあくまで『実話風』だ。娯楽《ごらく》よりだとはいえ、真実を伝えるというサイトの趣旨《しゅし》には合わないだろう。

『だからね、各地に伝わる伝説とか伝承《でんしょう》とかを取材して。今どんな噂《うわさ》があるのかと絡《から》めたうえで、ライター独自の見解《けんかい》とかも入れてみたらいいんじゃないかって思ったんだ。〆切《しめきり》は2週間後なんだが、どうだい?』

少なくとも、ちゃんと取材した内容《ないよう》を盛《も》り込《こ》めば嘘《うそ》にはならない。独自の見解《けんかい》を盛《も》り込《こ》むというのは論文《ろんぶん》にもよくあることだ。面白そうだ、と黄本は思った。

『お引き受けします。記事、楽しみにしててくださいね！』

引き受けてからの黄本の行動は早かった。成神駅の近くのホテルを拠点《きょてん》とし、密着《みっちゃく》取材を試みる。

彼のとりえは徹底《てってい》的な取材だ。まずは図書館へ向かった。その足で民俗《みんぞく》資料《しりょう》館、神社などを回り、地元住民に話を聞く。もちろんＷＥＢ《ウェブ》での情報収集《じょうほうしゅうしゅう》も怠《おこた》らなかった。色々検索《けんさく》をかけてみると、成神地方の怪《あや》しげな噂《うわさ》について匿名掲示板《とくめいけいじばん》で専用《せんよう》スレッドが立っているのを見つけた。どうやら成神駅周辺は心霊《しんれい》スポットとして有名らしい。

これはいける、と黄本は思った。成神山に伝わる黄泉《よみ》がえりの伝承《でんしょう》と心霊《しんれい》スポットとして噂《うわさ》されている成神駅周辺の出来事。これらをあわせて記事にすれば、面白いに違《ちが》いない。かつてない勢《いきお》いで、黄本は原稿《げんこう》に向き合った。

〆切《しめきり》当日に原稿《げんこう》を提出《ていしゅつ》し、バーで一杯やろうとしたときには、もう19時になっていた。解放《かいほう》感とともに酒を飲んでいると、クライアントから電話が来た。どうやら原稿《げんこう》がお気に召《め》さなかったらしい。

『なんか普通《ふつう》でつまらないんだよねえ。これじゃ単なる事実の羅列《られつ》だよ。インパクトに欠ける』

そのまま1時間半に及《およ》ぶ打ち合わせになだれ込《こ》む。急遽《きゅうきょ》〆切《しめきり》を延《の》ばすことに成功し、電話を切った黄本は盛大《せいだい》にため息をついた。バーのマスターが「ライターさんって大変なんですね」と苦笑するのに、彼はもう一度息を吐《は》くことで答えた。

「もうね、ほとほと困《こま》りましたね。噂《うわさ》や伝承《でんしょう》が題材でどうやってインパクトを出せってんでしょうね。ほんと、言う方は楽ですよ。だからつい思いましたよね」

思いがけず酒の相手を得《え》たこともあり、普段《ふだん》よりも饒舌《じょうぜつ》になっていた。

「いっそセンセーショナルな事件《じけん》でも起きてくれれば……って」

愚痴《ぐち》めいた言葉が黄本の口から出る。隣《となり》で話を聞いていた講師の目の色が深くなったような気がした。気のせいだろうか。

「黄本さん」と講師が黄本の名前を呼《よ》ぶ。おかしい。この男に名乗ったおぼえがない。

「実は、僕も聞きたいことがあるんです」

黄本の心の中で警戒心《けいかいしん》が芽生《めば》えた。この講師、いったい何者なのだろう。

「12月の6日と7日ですが。あなたはどこで何をしていましたか？」

唐突《とうとつ》な質問《しつもん》に「そんなこと、聞いてどうするんです？」と黄本は目を瞬《またた》かせる。

講師は答えない。さて、どうしようかと黄本は考えた。先ほどの言動からすると、この食えない男が何かを調べていて、自分からその何かを聞き出そうとしていることは明白だ。黄本の脳裏《のうり》に6日の夜の出来事がよぎった。成神高校の関係者なら、あの夜の出来事を聞きたいのかもしれない。とはいえ、黙《だま》って情報《じょうほう》を渡《わた》すのも癪《しゃく》である。

黄本は自分だけ損《そん》をするような取引には応《おう》じない。フリーランスの鉄則《てっそく》である。

「お教えしてもいいですけど。その代わり、これ、一緒《いっしょ》に考えてくれませんか？　成神地方に伝わる呪符《じゅふ》の写真です。これの呪文《じゅもん》の意味がわからないんですよ。いったい何を『作る』のか……。描《か》かれている月の満ち欠けが怪《あや》しいんですが、さっぱりで。この謎《なぞ》が解《と》ければ、もっといい記事が書けそうなんです」

黄本は講師に写真を渡《わた》した。

作ル助冥帰

「わかりました。これはですね……」

あっという間に答えを導《みちび》き出した講師の言葉に、黄本はまるで目から鱗《うろこ》が落ちるような感覚をおぼえた。

「月の満ち欠けはフェイクか……！　この答えが真実だとすると、死者と会えるというのは、本当に死者が蘇《よみがえ》ったわけではないということになる！」

興奮《こうふん》のあまり、口調が速くなる。

「一族の者はまさに呪符《じゅふ》の通りのことをした。つまり、死者と、自分たちの一族の生きている誰《だれ》かを……！　でも、なぜだ？　呪符《じゅふ》を納《おさ》めた者は、死者本人ではないとわかるだろうに。いっときの悲しみを慰《なぐさ》めるためか？　それとも、相続関係の……」

そのまま語り出そうとした黄本の言葉を遮《さえぎ》るようにして、講師が笑みを零《こぼ》した。

「その話はあとでゆっくり聞きましょう」

そう言いながら講師は片手《かたて》を顎《あご》に添《そ》えるようにする。何か、気になることがあるようなそぶりだった。

「それより、教えてください。6日と7日のこと」

しかたがない。謎《なぞ》を解《と》いてもらったこともあるし、と黄本は覚悟《かくご》を決めた。

「フィールドワークをしていましたよ。いわゆる聞き込み調査《ちょうさ》です。資料《しりょう》を調べたり、成神地方に昔から住んでる人たちに話を聞いたりしていました」

「本格《ほんかく》的なんですね」

講師の相づちに、黄本は少しだけ気をよくして話し続ける。

「6日は、まず図書館に行きまして」

そう言うと、黄本は手元のコピーの束をなでる。

「図書館で司書さんにお時間いただいて。開館の10時までならくわしい話ができるということだったので。ギリギリまでねばったなあ。この週刊誌《しゅうかんし》の記事も司書さんが見つけてくれたんですよ。そのあとは、高校に行きました。若《わか》い子に話が聞きたくて。それこそ成神高校の生徒に話を聞きたかったんです」

黄本は頭をかいた。

「授業《じゅぎょう》が終わる時間だったはずなのに、あんまり生徒がいなくて。参りました」

「その日は短縮授業《たんしゅくじゅぎょう》でしたから。ほとんどの生徒は午前中で帰っているはずですよ」

講師の言葉に、黄本はなるほどと頷《うなず》いた。

「だからだったのか。しくじったなあ」

「そのあとは、どうされたんですか？」

「色々です。神社にも行ったし、資料館《しりょうかん》も回りました。そのあとはホテルに帰って、原稿《げんこう》を仕上げて提出《ていしゅつ》しました。〆切《しめきり》だったんですよ。で、解放《かいほう》されたと思って飲んでたら、さっき言った通り。原稿《げんこう》を差し戻《もど》されたってわけです。それで、ええと」

黄本はスマホを開いて、スケジュールを確認《かくにん》する。

「7日の朝は『ベーカリーやまもと』で話を聞きました。人気店だって聞いたんで。話好きのおばちゃんがいて色々話してくれましたよ。でも『自信作のクリームパンより焼きそばパンの方が売れる』とか『最近若《わか》い子が来なくなっちゃって残念。やっぱり映《ば》えがないとダメなのかしら』とか……あとは、なんだったかな。『昨日は常連《じょうれん》の先生が20時の閉店ギリギリに来て30分くらい話したの。慌《あわ》てて出て行ったけどなんだったのかしら』とか、そんな話ばっかりで。めぼしい話は聞けなかったですねえ」

ここまで言えば疑《うたが》う余地《よち》もないだろう。黄本はこっそりと講師の様子をうかがった。

講師は顎《あご》に拳《こぶし》を当て、目を細めて何か考えているようだった。

「……ところで、先ほどから気になっていたんですが。スマホ……派手《はで》に割《わ》れていますね。使いづらくないのですか？」

講師の視線《しせん》が、黄本の手元に向けられている。

「いや、お恥《は》ずかしいんですが、落としてしまいまして」

黄本は一瞬《いっしゅん》口を開き、ためらうような表情《ひょうじょう》を見せる。唇《くちびる》を舐《な》めると何ごともなかったかのように口を開いた。

「6日の22時半頃《ごろ》だったと思うんですが。成神高校の前で警備《けいび》員に声をかけられて、驚《おどろ》いてしまって。それでスマホを落としてしまったんです」

講師の目の色が深くなったような気がして、黄本は視線《しせん》を逸《そ》らした。

「なぜそんな時間に高校の前にいたんでしょう。聞《き》き込《こ》み調査《ちょうさ》にしてはずいぶんと遅《おそ》い時間ですね」

講師の詰問《きつもん》するような口調に、黄本はあきらめたように息をついた。

「……なあ、もういいだろ。違《ちが》うんだって」

丁寧《ていねい》な口調をかなぐり捨《す》てて、黄本は講師を睨《にら》んだ。

「何をおっしゃってるのです？」

「俺が学校に侵入《しんにゅう》したと思ってるんじゃないのか？」

黄本の言葉にも、講師は動じた様子を見せず冷静《れいせい》な瞳《ひとみ》を向けている。

「あのとき警備《けいび》員にも言ったけど、俺は違《ちが》う。だからちゃんと名刺《めいし》を渡《わた》したんだ。本当に校内に忍《しの》び込《こ》んだならそんなことするわけないだろ？　断《だん》じて俺じゃない」

「では、話せるはずですね。どうしてそんな時間に学校の前に？」

黄本はしぶしぶといった風情《ふぜい》でスマホを操作《そうさ》する。匿名掲示板《とくめいけいじばん》のスレッドを再度《さいど》表示すると、講師に差し出した。

講師の問いかけるような視線《しせん》に促《うなが》され、黄本は口を開いた。

「電話での打ち合わせが終わったあと、バーでマスターと話してたんだよ。で、しばらくしてからスマホをいじったら、スレが動いていることに気づいた」

黄本はとんっとスレッドの一部を指す。

「ここに人魂《ひとだま》って書かれてるだろ。いてもたってもいられなくてさ」

そう言うと、黄本はばつが悪そうに笑った。

「成神山の伝承《でんしょう》と今まさに起きている心霊現象《しんれいげんしょう》。インパクトばっちりだろ。記事に写真を添《そ》えられたらより良い。本物の人魂《ひとだま》……いや、正直に言おう。人魂《ひとだま》じゃなくても、それっぽいなにかでも、怪《あや》しいもんが撮《と》れたら最高だ。それが無理だったとしても、深夜の学校だけでも写真を撮《と》ろうと思ってな」

「スレッドを見るまで、このバーにいたのは確《たし》かですか？」

講師の鋭《するど》い目つきに、一瞬《いっしゅん》黄本はひるんだ。負けていられるか、と、彼はここぞとばかりに、カウンター奥《おく》でグラスを拭いているバーテンダーを親指で示《しめ》した。

「そこにいるマスターに聞いてくれ。俺が19時すぎにバーに来て、電話してたこと、そのあとはマスターと話してたことを証明《しょうめい》してくれるはずだ」

講師の問いかけの視線《しせん》を受《う》けて、マスターは首を縦《たて》に振《ふ》ってみせる。どうやら、黄本の言葉に間違《まちが》いはなさそうだ。

「確《たし》かに俺は学校の前にはいたけれど、校内に勝手に入ったりはしていない」

話しながら黄本はふと思い出し、無精《ぶしょう》ひげの生えた顎《あご》を撫《な》でた。

「……そういえば、警備員《けいび》もなにか変なこと言ってたしな」

「どんなことを？」

「もう1人はどこに行った、って。だから俺はひとりだ、って答えたんだ。俺以外にも誰《だれ》かいたんじゃないか、あの場所に」

そこまで一気に話すと、黄本は身を乗り出した。

「逆《ぎゃく》に、講師のアンタに聞きたいんだが、この人魂事件《ひとだまじけん》って本当にあったことなのか？　成神高校って出るんだろ？　今も幽霊騒《ゆうれいさわ》ぎがあるってもっぱらの噂《うわさ》じゃないか。そのあたり、くわしく教えてほしいんだが」

その黄本の問いには答えず、講師は席を立つ。

「おい！」

「人魂《ひとだま》や幽霊騒《ゆうれいさわ》ぎは記事にしないほうが得策《とくさく》だと思いますよ」

講師はシニカルな笑みを浮《う》かべると、そのまま黄本に背《せ》を向けた。

「黄泉《よみ》がえりの伝承《でんしょう》、興味《きょうみ》深いです。あなたの記事を楽しみにしていますよ」

バーを出て行く講師の後ろ姿を見送りながら、黄本はコピーの束を手に取った。

あれは、黄本への挑戦状《ちょうせんじょう》だ。面白い記事を書けと暗に言われているのだ。

「くっそ、見てろよ」

黄本のライターとしてのプライドに火がついた。記事を仕上げよう、あの講師に、必ず面白いと言わせてやる。

残っていた酒をひと息にあおって、黄本は不敵《ふてき》に笑った。


?

呪符《じゅふ》に書かれた呪文《じゅもん》の意味

証言

「6日の22時半頃《ごろ》だったと思うんですが。成神高校の前で警備《けいび》員に声をかけられて、驚《おどろ》いてしまって」（黄本）

「学校の前にはいたけれど、校内に勝手に入ったりはしていない」（黄本）

「俺以外にも誰《だれ》かいたんじゃないか、あの場所に」（黄本）

TIPS

ヒント

！匿名《とくめい》掲示板《けいじばん》には人魂《ひとだま》の目撃情報《もくげきじょうほう》が書き込《こ》まれていた

！黄本は成神地方の伝承《でんしょう》を調べていた

！黄本はセンセーショナルな事件《じけん》を待ち望んでいた

Episode 4

反《はん》骨《こつ》グリーン

blue《ブルー》から送られてきた暗号の意味

小さな謎《なぞ》

吐《は》く息が白い。降《ふ》りしきる雪の中、コートも身につけずカバンも持たずに住宅街《じゅうたくがい》を走る一ノ瀬《いちのせ》みどりを、道行く人が驚《おどろ》いたように振《ふ》り返る。

中学3年の冬。突然《とつぜん》父親が連れてきた女性が『再婚《さいこん》相手』であると気づいた瞬間《しゅんかん》、みどりの世界から色が消えた。

「いきなりお母さんって呼《よ》ばなくていいの。まずはお友だちから、はじめましょう」

わざとらしい笑顔の女性は、みどりに向かって片手《かたて》を差し出した。

みどりにはわかっていた。こんな大きな子どもの親になろうとしている人だ。きっと悪い人ではないし、相当な覚悟《かくご》を決めてきたに違《ちが》いない。だから、みどりを呼《よ》ぶ声が多少猫《ねこ》なで声であったとしても、父を見上げる瞳《ひとみ》にあざとさを感じたとしても、みどりが我慢《がまん》すれば丸く収《おさ》まる。この差し出された手を取って、「よろしく」と言えばいい。それでいいはずなのに。

理性《りせい》で納得《なっとく》していても、感情《かんじょう》が許《ゆる》せるとは限《かぎ》らない。気づけば逃《に》げるように家を飛び出し、街中を走っていた。走る。走る。息が上がる。食いしばった歯の隙間《すきま》からこらえきれない唸《うな》り声が漏《も》れた。それでも、走る――……。いつの間にか、みどりは隣《となり》町《まち》の繁華街《はんかがい》に迷《まよ》い込《こ》んでいた。

パチンコの音、ゲームセンターの音。行き交う車の音や人々の話し声。その音のすべてが近いのに遠い。まるで水の中にいるようだ。うまく息が吸《す》えないのは、決して走ったことだけが理由ではない。居場所《いばしょ》がない。こんなに人がいるのに、自分だけがひとりぼっちだ――……。

そのとき、みどりの耳に届《とど》いたのは、魂《たましい》が叫《さけ》びを上げているかのような楽器音だった。強烈《きょうれつ》な音が全身を駆《か》け巡《めぐ》る。一気に視界《しかい》に色が戻《もど》る。みどりは大きく息を吸《す》い、吸《す》いきれずに咳《せ》き込《こ》んだ。

今のは、なんだろう。振《ふ》り返ったその先に地下に続くドアがある。そのドアの前、喫煙《きつえん》スペースでタバコを吹《ふ》かしていた青年が、みどりを見つけてニカッと笑った。

「入る？　そんなカッコじゃ寒いだろ」

青年は親指でグッドサインをつくり、ドアの方に向けて2、3回振《ふ》る。

「チケット、あまってんの。だからゆずってやるよ」

逡巡《しゅんじゅん》するみどりに何を思ったのだろう。青年はタバコの火をぎゅっと消すと、自らドアを開けた。

とたんに、音が洪水《こうずい》になってみどりに襲《おそ》い掛《か》かる。腹《はら》の底まで響《ひび》くようなドラムのリズム。ベースが唸《うな》り、ギターが叫《さけ》ぶ。生の音の迫力《はくりょく》に、みどりは圧倒《あっとう》された。

その日から、みどりの生活は音楽一色になった。


ヘッドホンをつけて、爆音《ばくおん》でロックを流す。辛《つら》いのは、泣きたいのはみどりだけではないんだと音楽は語りかけてくれているようだった。

音楽を聴《き》くようになってから、みどりの心は安定した。しかし、安定する心とは裏《うら》腹《はら》に周囲《しゅうい》とは溝《みぞ》ができていく。仲のよかった友だちとは話が合わなくなった。家族も、めったに部屋から出ずに音楽を聴《き》く娘《むすめ》をどう扱《あつか》っていいのかわからないようだった。

好きなバンドのメンバーに合わせて髪《かみ》を染《そ》め、メイクは濃《こ》くなり、ネイルも派手《はで》になる。叱《しか》られることも多かったが、どうでもよかった。父と言い争いをしたときも、新しい母と冷戦状態になったときも、音楽だけがみどりの味方だった。

そうしてひと月、ふた月が経《た》ち、気づけばみどりは高校生になっていた。

深夜。みどりの一番好きなインディーズバンド〝サバンナサソリ〟が初めてラジオに取り上げられる日だった。ドキドキしながらラジオアプリをダウンロードし、祈《いの》るような気持ちでヘッドホンを耳に当てた。

耳に飛び込んできた音と、歌詞《かし》。

『好きなだけじゃ、なぜダメなのか

スマホに文字を打ち込んでは消す　自分の心さえ、言葉にならない夜――……』

「新曲だ……」

喉《のど》が詰《つ》まる。みどりの頬《ほほ》に自然と涙《なみだ》が落ちる。思わずSNS《エスエヌエス》を開いた。

《green《グリーン》》　サバサソの新曲ヤバい！

今までずっと見る専門《せんもん》だったSNSに初めてポストした瞬間《しゅんかん》。赤いハートマークがポチッとついた。初めての『いいね』だ。みどりは心がじわっと温かくなるような感覚をおぼえた。

『いいね』を押《お》してくれた人は、〝サバンナサソリ〟のファンなのだという。ハンドルネームは《blue《ブルー》》。みどりと同い年で高校1年の女子。仲良くなるのはあっという間だった。それから2人は、毎晩《まいばん》SNSでやりとりをするようになった。

《green》こないだの配信やばかったね

《blue》リスナー、1万人超えてたし、有名になってきたよね

顔も本名も知らないblue。でも、彼女とやりとりしていると、心が楽になる。

いつしかみどりは音楽抜《ぬ》きでもblueとDM《ディーエム》でやりとりをするようになった。

《green》わかってるんだ　父も新しい母もあたしのこと心配してることくらいでもどうしても無理なんだ　それが申し訳なくて、つらくて

《blue》うん
《green》ごめん　こんなこと言われても困るよね
《blue》困らないよ　話して楽になることって多いしさ　聞くよ　いつでも

1人で抱《かか》え込《こ》まなくていいのだということで、こんなにも安らかな気持ちになるなんて思わなかった。

音楽だけがみどりの味方だと思っていた。けれどそれは違《ちが》ったのだ。

blueはいったいどんな子なんだろう。会ってみたい。会って直接《ちょくせつ》お礼を言いたい。どんな子だっていい。リアルで会っても、みどりはきっとblueと友だちになれる。そして、彼女が困《こま》っていたら真っ先に駆《か》けつけて、次はみどりが助ける番だ。

そんなある日のこと。

《blue》ごめん　ちょっとしばらく連絡がとれなくなるかも

突然《とつぜん》、みどりのＤＭに通知が入った。

《ｂｌｕｅ》サバサソの歌詞、本当によかったよね　戻ってこられたら、また話そ
《ｇｒｅｅｎ》どういうこと？
《ｂｌｕｅ》仲良くしてくれてありがとう　３←５↓５↓７→３↓９

それきりＤＭが途絶《とだ》えてしまう。その後も何度かメッセージを送ったが、既読《きどく》にならなかった。みどりは考える。この最後の数字は、いったいどういうことなのだろう。まるで暗号みたいだ。みどりは必死に考え、そして、謎《なぞ》を解《と》き――……。

息をのんだ。

高校２年に進級した春。始業式から派手《はで》に髪《かみ》を染《そ》め、ばっちりメイクをしているみどりの周りには、自然と似《に》たタイプが集まってきていた。
「ねーみどり、放課後さあ、成神《なりかみ》モール行かん？　新しいシャドー欲《ほ》しいんだよね」

「行かん。ダルいわ」

「ヤバ、塩かよ。草なんだけど」

廊下《ろうか》を歩きながら、ゲラゲラと笑うクラスメイトにイライラが止まらなくて、みどりの眉間《みけん》にしわが寄《よ》っていく。ふと視線《しせん》を感じた。見ると、何か話したそうにこちらを見ている子と目が合った。

隣《となり》のクラスの東雲空《しののめそら》。何度も全国の絵画コンクールで賞を取ったという彼女は、メディアにも散々取り上げられている有名人だ。

思わず「なに？」と声をあげた。尖《とが》った口調がわからなかったわけではないだろうに、空は何度か瞬《まばた》き、「なんでもない」と微笑《ほほえ》んだ。

それ以上話しかけられないうちに、みどりはそのまま空の前を通り過《す》ぎる。

「ねーあの子でしょ、超《ちょう》有名人。東雲空」

クラスメイトが声を潜《ひそ》めて話しはじめる。

「なんかあの子、お高くとまってるっていうか、ザ・お嬢《じょう》さまって感じだよね～」

別のクラスメイトがそう言いながら、ぎゃははと笑った。

秋になり、文化祭の準備《じゅんび》もいよいよ大詰《おおづ》めを迎《むか》えていたある日の放課後、みどりは誰《だれ》にも見つからないようにそっとその場所へ足を運んだ。

ゴミ捨《す》て場は、掃除《そうじ》の時間帯を避《さ》ければほとんど誰《だれ》も来ない。まっすぐ家に帰りたくないときは、このゴミ捨《す》て場で時間を潰《つぶ》すのがみどりのルーティンだ。

文化祭の準備《じゅんび》もあって、ゴミ捨《す》て場には木材や絵画、ペンキの空き缶《かん》や紙ゴミなどが溢《あふ》れている。いつもよりも雑然《ざつぜん》としたその場所で、ひとつ息を吐《は》いた。

普段《ふだん》から持っているお気に入りの大きなトートバッグ。その中に転がしておいたワイヤレスイヤホンを取り出し、耳にきゅっとはめる。ゴミ捨《す》て場の壁《かべ》にもたれかかって再生《さいせい》ボタンを押《お》し、そのままの流れでスマホを操作《そうさ》してＳＮＳのＤＭを開いた。

２年生になってからしばらくして、ｂｌｕｅもＳＮＳを再開《さいかい》した。きっと進級準備《じゅんび》で忙《いそが》しく、連絡《れんらく》がとれなかっただけなのだろう。でも。

《ｂｌｕｅ》これ話すの、ちょっと恥ずかしいんだけど、聞いてくれる？

直近のやりとりは、彼女の恋人の話と、夢《ゆめ》の話だった。それまであまり自分のことを話さなかったｂｌｕｅがそんな話をしてくれたことが、みどりは嬉《うれ》しかった。

《ｇｒｅｅｎ》いいね　応援するよ！

やりとりはそこで止まってしまった。
最後にみどりが送ったひとことには、既読《きどく》がついていない。それから一切《いっさい》、連絡《れんらく》が来なくなった。
大丈夫《だいじょうぶ》だ。大丈夫《だいじょうぶ》。そう自分に言い聞かせながら胸《むね》に手を当てる。ざわざわとしはじめた心を落ち着かせるように、耳元でがなる重低音に意識《いしき》を凝《こ》らす。
あんなに大好きな音楽なのに、どうしても集中することができなかった。

「みどり！　何日ぶりよ！　まじサボりすぎだって！」

久《ひさ》しぶりに登校したみどりの肩をクラスメイトが笑いながら叩《たた》く。数週間ぶりの学校はどことなく空虚《くうきょ》な感じを受けた。それは決して、みどりが学校に行くのが嫌《いや》だったからという理由だけではないはずだ。

「うっさいな、別にいいでしょ」

いつもと同じように授業《じゅぎょう》を受ける。あっという間に夕会の時間になった。

「みんなも知っている通り、同学年の東雲空さんが亡《な》くなりました」

普段《ふだん》とは打って変わって、真剣《しんけん》な様子で担任《たんにん》が声を落とす。遺族《いぞく》の意を酌《く》み、東雲空の遺作《いさく》の絵が学校内に飾《かざ》られること、そのためのセレモニーを、土曜の課外授業《じゅぎょう》として2年生のみ参加で行うことを告《つ》げた。

「準備《じゅんび》のためにボランティアを募集《ぼしゅう》してるんだ。誰《だれ》かやらないか？」

担任《たんにん》の言葉に、みどりはまっすぐ手を挙げる。クラスメイトのぎょっとしたような視線《しせん》がみどりに集まったが、そんなことはみどりにとってどうでもいいことだった。

セレモニーから数日が経《た》った夜。みどりはいつものようにライブハウスへと足を運んだ。生音を聴《き》きながらスマホを開く。blueとのDMを見返していた、そのとき。突然《とつぜん》「一ノ瀬みどりさん」とフルネームで呼《よ》ばれて思わず顔を上げた。

「うわ、ウッザ。なんでいんの」

薄暗《うすぐら》い照明の中でもすぐにわかる白い服。成神《なりかみ》高校に臨時《りんじ》で来たという数学講師が、片手《かたて》を上げていた。

「まさか説教しに来たとか？　そういうの、ほんっとウザいんだけど」

「違《ちが》うよ。完全にプライベート」

「あっそ。じゃ、あたし別んとこいくから。センセーと一緒《いっしょ》とかマジ無理だし」

「まあそう言わないでよ。ちょうどよかった。君に聞きたいことがあったんだよね。呼《よ》び出す手間が省けたよ」

講師はライブハウスの奥《おく》、バーカウンターを視線《しせん》で示《しめ》した。みどりは目に露骨《ろこつ》に警戒《けいかい》の色を浮《う》かべる。それでも講師についていったのは、『呼《よ》び出す手間』ということが気になったからだ。

一杯おごるよ、と言われたので、みどりは遠慮《えんりょ》なく、一番高いフレッシュオレンジジュースを選んだ。その横で、講師はコーヒーを味わっている。

「で、センセー、なんなの、急に」

「東雲空さんって知ってるよね？」

「は？　当たり前じゃん。バカにしてんの？　超有名人《ちょうゆうめいじん》だよ」

講師の言葉に答えながら、みどりは眉《まゆ》を寄《よ》せた。

「え、急になんなん？」

「事件《じけん》のときのことを聞かせてくれないかな。6日と、7日、何をしてたの？」

みどりは真正面から講師の視線《しせん》を受け止める。目に力を込《こ》めて、言い返した。

「もしかして、あたし、なんか、疑《うたが》われてる感じ？」

講師は、「実は、そうなんだ」とあっけらかんと言ってくる。そのなんてことないような口調に、みどりは苛立《いらだ》ちを隠《かく》さずに舌打《したう》ちをした。

「で、何が知りたいわけ？　疑《うたが》われてんのクッソむかつくし、質問《しつもん》には答えるよ」

講師は「助かるよ」と苦笑した。

「じゃあ早速《さっそく》だけど。セレモニー当日、7日は何時に登校したの？」

「いつも通りだよ。クラスメイトとかと一緒《いっしょ》に靴《くつ》を履《は》き替《か》えたの、おぼえてるし」

「じゃあ、セレモニーの前日は？」

みどりは小首を傾《かし》げた。

「午前中はふつーに授業あったし、いつも通りに登校したよ。15時からはボランティアに参加してた。集まれって言われた時間に集まって、ふつーに準備《じゅんび》したけど」

「そのあとは？」

「ボランティアが終わったらすぐ帰ったよ」

講師は顎《あご》に手を添《そ》えて、考えるように首を傾《かし》げてみせる。彷徨《さまよ》っていた彼の瞳《ひとみ》が、みどりのトートバッグでぴたりと留《と》まった。

「素敵《すてき》なキーホルダーだね」

講師の視線《しせん》の先には筒状《つつじょう》のキーホルダーがあった。シンプルな形で、胴《どう》の部分に派《は》手《で》な色使いでバンドの名前のロゴが印字されている。おしゃれな作りだ。

「へー。見る目あるじゃん、センセー」

みどりは思わず顔を綻《ほころ》ばせた。自分の好きなものを褒《ほ》められて、悪い気はしない。

笑ってしまった照れくささを隠《かく》すように、みどりは言葉を重ねた。

「いいでしょ。バンドの限定《げんてい》グッズなんだ。抽選《ちゅうせん》で当たったの。このデザイン、全部で5個《こ》しかない激《げき》レアなんだよ」

みどりはトートバッグを掲《かか》げてみせた。その拍子《ひょうし》に、キーホルダーの先端《せんたん》がパッと光った。チカチカ輝《かがや》くライトがライブハウスの床《ゆか》にまだら模様《もよう》を描《えが》く。

「ライブのときはこれ使って推《お》しの応援《おうえん》するんだ。綺麗《きれい》でしょ」

すぐスイッチ入っちゃうのがちょっとアレなんだけど、とみどりは苦笑いする。

「ふうん。ちょっとした懐中《かいちゅう》電灯みたいだね」

講師の感心したような口調に、みどりは今度こそ声を出して笑った。

証言

「これ話すの、ちょっと恥ずかしいんだけど、聞いてくれる?」
（blue）

「ボランティアが終わったらすぐ帰ったよ」（みどり）

「素敵《すてき》なキーホルダーだね」（講師）

TIPS
ヒント

！みどりにはＳＮＳで知り合ったｂｌｕｅという親友がいる

！ゴミ捨《す》て場は木材や絵画、ペンキの空き缶《かん》や紙ゴミなどで溢《あふ》れていた

！みどりはお気に入りの大きなトートバッグを持っている

Episode 5

君と見た青空

ハヤシが
買ってきてほしい物

小さな謎《なぞ》

「うっそ、主演《しゅえん》、男子生徒だったの？」

「どう見ても女の子じゃん……すごっ……」

拍手喝采《はくしゅかっさい》。暗転のあとにライトがつけばカーテンコールだ。立野青斗《たてのあおと》は一歩前に進み出る。一礼。続いて左右の席にも礼をして、最後にもう一度、正面に礼をした。

演目《えんもく》は『猫《ねこ》と散歩《さんぽ》』。難《なん》易度が高いことで有名な演目《えんもく》だった。

主人公は猫《ねこ》と暮《く》らす少年。しかし実は日常《にちじょう》を少女として過《す》ごしているという設定《せってい》で、脚本《きゃくほん》には〝同一人物が演《えん》じることが望ましい〟と注釈《ちゅうしゃく》がつけられている。

男性の俳優《はいゆう》が、少年と少女を同時に演《えん》じるのは難《むずか》しい。ゆえにこの脚本《きゃくほん》を使う場合は注釈《ちゅうしゃく》を無視《むし》して少年役と少女役、それぞれ立てるのが常《つね》だった。

しかし青斗はその難解《なんかい》な役を、入学してすぐのプレ公演《こうえん》で演《えん》じ切ったのである。

成神《なりかみ》高校演劇《えんげき》部の伝統《でんとう》として、本格《ほんかく》的な公演《こうえん》である春公演《こうえん》の前に、同じ演目《えんもく》で行われるプレ公演《こうえん》というものがある。いわば、新入部員の内部に向けたお披露目《ひろめ》の会だ。

この公演《こうえん》にはOB《オービー》、OG《オージー》たちが勢《せい》ぞろいし、今年の部活の出来を確《たし》かめに来る。その結果いかんでは次の春公演《こうえん》で役を降《お》ろされる可能性《かのうせい》があるというのだから、ある意味、一番厄介《やっかい》な公演《こうえん》だと言ってもいい。

成神高校は高校演劇《えんげき》大会入賞《にゅうしょう》の常連《じょうれん》校として有名だった。たかが高校の部活とはいえ、その熱意は凄《すさ》まじいものがある。まだ1年生の青斗に主演《しゅえん》を任《まか》せることに対し、周囲《しゅうい》から不満の声が上がっていたのは間違《まちが》いない。

しかし、どうだ。拍手喝采《はくしゅかっさい》の客席を前に青斗は満足する。自分は見事にやりきった。文句《もんく》は言わせない。何もそれを脅《おびや》かすものは――……。

「あ、やっぱりそうだよ、あいつ。ほら、親が有名な俳優《はいゆう》の――」

観客席《かんきゃくせき》にいた、OBの声が耳に入った。

「親の七光りか。じゃあ、主演《しゅえん》も当たり前だな」

高揚《こうよう》感に冷水《ひやみず》を浴びせられたかのような絶望《ぜつぼう》が、青斗にのしかかる。

青斗の両親は有名な俳優《はいゆう》だ。同じように演劇《えんげき》を志《こころざ》す青斗には、常《つね》に両親の名前が付いて回る。まるで、呪《のろ》いのように。


「くそっ……!」

昼休みの屋上。青斗はフェンスを拳《こぶし》で殴《なぐ》りつけ、悪態《あくたい》をつく。プレ公演《こうえん》は成功だった。それは、青斗が俳優《はいゆう》の息子だからではなかったはずだ。

少女に見えるような振《ふ》る舞《ま》い。歩き方。演《えん》じる人物の掘《ほ》り下げを行い、ジェンダーについても勉強した。誰《だれ》に言われるまでもない。青斗自身の意思で努力した。やれることは全部やった。それなのに、どこまでも付いてくるのだ。親の名前は。

「くそっ……くそぉっ……！」

「わっ……！」

カシャッと何かが落ちる音がして、青斗は振《ふ》り向いた。女子生徒だ。今まさに屋上のドアを開けて入ってきた彼女は、青斗の存在《そんざい》に驚《おどろ》いたのだろう。筆箱が落ち、中身が屋上のコンクリートの上にバラバラと散らばっている。

それを拾い集めながら、女の子は明るい目で青斗を見た。

「拾うの、手伝ってくれないの？」

イライラしながら、青斗は「自分で落としたんだろ」と答える。

「確《たし》かに私が落としたんだけどさ。手伝いくらいしてくれてもいいじゃない」

女子生徒は青斗から向けられた嫌悪《けんお》の表情《ひょうじょう》を受け流すようにさらっと答える。媚《こ》びのない、まっすぐな視線《しせん》を向けられて青斗はたじろいだ。

青斗は女子に人気があった。有名人の息子ということもあるのだろう、女の子に告《こく》白《はく》されることなど日常茶飯事《にちじょうさはんじ》である。そんな青斗にとって、こういう反応《はんのう》をする女の子は初めてだった。思わず問いかける。

「もしかして、俺のこと知らないの？」

「え？　立野くんでしょ。隣《となり》のクラスの」

あっさりと答えが返ってくる。ただ自分の知っていることだけを端的《たんてき》に話しているとわかる口調だった。彼女は拾い集めた鉛筆《えんぴつ》を確《たし》かめ、心配そうに1本空に掲《かか》げた。

「描《か》けるかな、これ。芯《しん》が折れちゃったかも」

日の光に照らされて彼女の髪《かみ》の毛が輝《かがや》く。風が吹《ふ》いた。頬《ほほ》にかかる髪《かみ》を鉛筆《えんぴつ》を持ったままの手ですっと払《はら》って、「風強いね」と屈託《くったく》なく笑う。

こんな女の子、青斗は知らない。せわしなく心臓《しんぞう》が動く。

その女の子こそが、東雲空《しののめそら》だった。

告白《こくはく》したのは青斗の方だ。自分から好きになり、告白《こくはく》するなんて初めてだった。思いを告《つ》げたときは、どんな舞台《ぶたい》の本番よりも緊張《きんちょう》したかもしれない。空は目を丸くして「いいよ」と頷《うなず》く。その頬《ほほ》が少し赤らんでいるのが可愛《かわい》い、と素直《すなお》に思った。

それからというもの、青斗と空は屋上でこっそり会った。付き合っていることは極力秘密《ひみつ》にしている。示《しめ》し合わせたわけではないが、互《たが》いに有名人だ。暗黙《あんもく》の了解《りょうかい》が通じるのは青斗にとって嬉《うれ》しいことだった。

屋上は、時間帯を選べばほとんど人が来ない。2人きりの屋上で空は絵を描《か》き、青斗は演劇《えんげき》の個人《こじん》練習をする。

「そういえばさあ、青斗に初めて会ったとき、ちょっと怖《こわ》かったんだよね」

春公演《こうえん》の足音が近づいてきた日、空は屋上で鉛筆《えんぴつ》を走らせながら、思い出したように笑った。

「めっちゃ怒《おこ》ってたよね。あれ、なんでなの？」

青斗はぽつぽつとあのときのことを話す。親の名前が重いということを告白《こくはく》すると、空はコロコロと笑った。

「そんなのどうでもいいじゃない」

「はっ……？」

「他人になに言われたって関係なくない？　青斗が、演劇《えんげき》を好きなだけじゃ、なんでダメなの？」

唖然《あぜん》とする青斗に空は「好きなバンドの受け売りだけど」といたずらっぽく笑う。

彼女の首元には青斗がプレゼントした、おそろいの青いネックレスが光っていた。

私と青斗の色だね、と空がはにかんでいたのを、昨日のことのようにおぼえている。


時は流れ、高校2年生の秋。空は学校を休みがちになっていた。

久《ひさ》しぶりに登校した空は、どこか様子が違《ちが》っていた。いつものように屋上で会っていても、青斗の顔を見つめたっきりだ。普段《ふだん》ならすぐに鉛筆《えんぴつ》と紙を取り出して絵を描《か》きはじめるのに。

「空？」

「青斗の顔、おぼえておかないと……って思って」

そして、その日聞いた言葉を、青斗はどう受け止めればいいかわからなかったのだ。

気づけば空の肩《かた》を摑《つか》み、感情《かんじょう》のまま激《はげ》しく前後に揺《ゆ》さぶっていた。

「なんでそんなこと言うんだ！　そんなの、まるで……！」

ガチャリ、とドアが開く音に驚《おどろ》いて、青斗は空の肩《かた》から手を離《はな》した。振《ふ》り向くと、美術《びじゅつ》教師の藍沢《あいざわ》が目を見開いてこちらを見ていた。

ごめん、と空が呟《つぶや》く。そのまま走り、藍沢の横を通り過《す》ぎてドアから出て行ってしまう。青斗は、その空の後ろ姿《すがた》を呆然《ぼうぜん》と見送ることしかできなかった。

「……立野さん。東雲さんと、なにかあったの？」

気づかわしげな藍沢の声に、青斗は唇《くちびる》を嚙《か》みしめる。

「――ほっといてください」

顔をそむけ、そう答えるのがやっとだった。

そして、――空は、亡《な》くなった。

セレモニー当日の朝、青斗は重い足取りで演劇《えんげき》部の部室へと向かっていた。本番が近いので、連日通し稽古《げいこ》が行われている。しかし、昨日今日とセレモニー関係で放課後の部活動が禁止《きんし》されていた。それゆえの朝練である。

部室に入ると、すでにメンバー全員が集まっていた。全員揃《そろ》ったことを確認《かくにん》した演《えん》出家《しゅつか》のハヤシが、朗々《ろうろう》とした声で話しはじめた。

「知っての通り、今日も放課後の部活動は禁止《きんし》されている」

ただでさえ本番が近いのに、とナミキが文句《もんく》を言っている。彼は役者だ。稽古《けいこ》日数の少なさに焦《あせ》っているようだった。

「稽古《けいこ》はできないが、その代わりこの場で足りない備品《びひん》をチェックしよう。放課後は1年生を中心に買い出しを頼《たの》む」

その声を皮切りに、全員で備品《びひん》のチェックを行った。

「両面テープがなかったんだよな。あれがないと機材の固定が難《むずか》しいんだ」

「イズミ、前も言ってただろ。まだ買ってなかったのかよ！」

あちこちで声が飛び交う。照明のタチバナが音響《おんきょう》スタッフにツッコミを入れるのを聞きながら、青斗も1年生に指示《しじ》を出した。

「ドーランは？　今回結構《けっこう》色を使うから、メイク道具はしっかりチェックしろよ」

舞台監督《ぶたいかんとく》が「青斗」と声をかける。「養生《ようじょう》テープを見なかったか？」と問われ、青斗はしばし記憶《きおく》を探《さぐ》り、声を上げた。

「タチバナ先輩《せんぱい》！　こないだ養生《ようじょう》テープ使ってましたよね？」

「ああ、でももう残り少なかったと思う。だからそれも買い物リストに入れてくれ。そうだ、サトウ、暗幕《あんまく》の具合はどうだ？」

「だいぶ生地が伸《の》びてるから、新調した方がいいだろうな」

買い物リスト、と書かれたホワイトボードの空欄《くうらん》がどんどん埋《う》まっていく。

「あとはペンライトと……俺ののど飴《あめ》……っと」

ナミキが意気揚々《いきようよう》と書き込《こ》みをする。ちゃっかり部費《ぶひ》で嗜好品《しこうひん》を買おうとしているのが目に見えてわかり、青斗は思わず苦笑した。

「のど飴《あめ》くらい自分で買えよ」

「いいじゃん。どうせみんなも舐《な》めるだろ？」

「このペンライトって？　俺たち役者には必要ないんじゃないのか」

問いかける青斗に、ナミキはいたずらっぽく笑った。

「こないだの通《とお》し稽古《げいこ》のときに、こわ〜い演出家《えんしゅつか》が『買わないと』って言ってたんだよ。アイツ、すっかり忘《わす》れてるみたいだからさ」

青斗たちから少し離《はな》れたところで指示《しじ》出しに忙《いそが》しい演出家《えんしゅつか》は、確《たし》かに忘《わす》れていそうだったので、2人でニヤッと笑ったものだ。

「メイクの方はどうだ？」

ナミキの声に、青斗は頷《うなず》いた。

「シャドーをいくらか買い足すくらいでいけるんじゃないかと思う」

「ならよかった。舞台《ぶたい》用のメイク道具って結構《けっこう》するから……予算が心配だったんだ」

ようやくすべて把握《はあく》し終わり、ひと息ついた。

「そこのコンビニに売ってりゃ楽なんだけどなぁ」

「先にそっちに行くか。歩きだろ？　成神《なりかみ》駅からコンビニに戻《もど》ると15分くらいかかるし、二度手間だ。近いとこから回って、ダメならホームセンターに行くしかないな」

雑談《ざつだん》を挟《はさ》みながら1年生に指示《しじ》をし、青斗を含《ふく》む2、3年生は教室へと向かう。こうしていると本当にいつも通りだ。いつも通りの日常《にちじょう》。学校にも通える。笑えるし、冗談《じょうだん》だって言い合える。けれど、ふとした瞬間《しゅんかん》——屋上に向かおうと無意識《むいしき》に足が向いたとき、だとか。風が吹《ふ》いた瞬間《しゅんかん》、聞こえるはずの声が聞こえなかったとき、だとか。そういうときに強く実感する。空は、もういないのだ。どうして空はいないのだろう。青斗は廊下《ろうか》を歩きながら、窓《まど》の外を見る。

抜《ぬ》けるような冬の青空が、目に痛《いた》いほど美しかった。

ノックの音が聞こえた。

今日も部活は中止だ。セレモニーでの事件《じけん》から、ほとんどの部活は活動を控《ひか》えている状況《じょうきょう》だった。部員の誰《だれ》かが忘《わす》れ物《もの》でも取りに来たのかと思ったが、だとすればノックをする必要などないだろう。

青斗は一度自分の姿《すがた》を鏡で確認《かくにん》した。片付《かたづ》けている余裕《よゆう》はない。自然に、さりげなく振《ふ》る舞《ま》うのには自信がある。大丈夫《だいじょうぶ》だ。そう自分に言い聞かせて、ドアの向こうにいる人物に「どうぞ」と答えた。

開かれたドアの先にいた人物を見て、青斗は首を傾《かし》げた。

「えっと、確《たし》か……数学の」

顧問《こもん》でも担任《たんにん》でもない数学の非常勤《ひじょうきん》講師が、なぜ演劇《えんげき》部の部室に来たのだろう。

「やあ、こんにちは」

講師は色素《しきそ》の薄《うす》い瞳《ひとみ》を細めて笑う。その笑い方が、妙《みょう》に癪《しゃく》に障《さわ》った。

「演劇《えんげき》部の部室ってこんな感じなんだ。けっこうごちゃごちゃしてるんだね」

そう言いながら、講師は部室の棚《たな》に置かれている小道具やメイク道具、ウィッグなどを興味《きょうみ》深そうに眺《なが》めている。

「なんですか、急に」

声が尖《とが》るのも、無理はない。青斗の声色《こわいろ》に気づかないはずはないだろうに、講師はどこ吹く風《ふ》で話しかけてくる。

「東雲空さんのことで、話が聞きたいんだ」

青斗は息をのんだ。メイク道具のブラシを握《にぎ》る手に、じっとりと汗《あせ》がにじむ。

「藍沢先生から、君と空さんが言い争っていたって聞いたんだけど。何について話していたのか、教えてもらえないかな」

カッと頭に血がのぼりそうになる。

「嫌《いや》です。どうして教えなきゃいけないんですか」

怒鳴《どな》りつけたくなる衝動《しょうどう》を抑《おさ》えて、青斗は講師に皮肉の笑みを返すことに成功した。

「そんなに敵視《てきし》しないでよ」

講師が困《こま》ったように顎《あご》に手を添《そ》え、小首を傾《かし》げる。

「じゃあ、聞き方を変えよう。セレモニー前日のことなんだけど、君はボランティアに参加していたんだよね。何時に集合したかはおぼえてる？」

「午前授業《じゅぎょう》が終わったあと昼を食ってからだから、15時に集合しましたよ」

「ボランティアが終わったあとは、どうしたの？」

「どうしたもこうしたもないですよ。部活もないし、すぐ帰りましたよ」

青斗は目の前の講師を睨《にら》みつけた。

「せめて先に絵が見たいって言ったのに、ダメだって言われたんです。融通《ゆうずう》が利《き》かない教師って最悪ですよね。赤間《あかま》先生と藍沢先生に追い立てられたので、しかたなく帰りました」

「そのとき、赤間先生と藍沢先生は一緒《いっしょ》にいたの？」

「ええ。あの2人、ボランティアの監督《かんとく》ですから。全然、1人にならないんですよ」

「まるで1人になるのを待っていたみたいな言い方だね」

講師の目の色が深くなる。演技《えんぎ》を見る演出家《えんしゅつか》の瞳《ひとみ》だ、と青斗は思った。こちらの動きを注意深く見つめて、裏《うら》の裏《うら》まで見通すような瞳《ひとみ》。

青斗は、観念したように息を吐《は》いた。

「……実は待ってたんですよ」

「どうして？」

「そんなの、絵が見たかったからに決まってます。俺は空の絵を見たかったんです。そして……誰《だれ》にも見せたくなかった」

そこまで言うと、講師は目を細めて「最後の質問《しつもん》だ」と告《つ》げる。細められた講師の目が鋭《するど》く光ったような気がした。

「東雲空さんの絵が切り裂《さ》かれたことについて。そして、その後の幽霊騒《ゆうれいさわ》ぎの件《けん》について。君はどう思う？」

どくり、と音を立てて青斗の心臓《しんぞう》が鳴った。

青斗はその問いには答えず、メイク道具のブラシを再度《さいど》、ぎゅっと握《にぎ》りしめた。

証言

「……立野さん。東雲さんと、なにかあったの？」（藍沢）

「部活もないし、すぐ帰りましたよ」（青斗）

「俺は空の絵を見たかったんです。そして……誰《だれ》にも見せたくなかった」（青斗）

TIPS

ヒント

！演劇《えんげき》部のプレ公演《こうえん》・春公演《こうえん》の演目《えんもく》は『猫《ねこ》と散歩《さんぽ》』

！青斗は演技《えんぎ》力がある

！成神駅からコンビニまでは徒歩で15分くらいの距離《きょり》

Episode 6

藍《あい》より出《い》でて

切り裂《さ》かれた絵画の真実

小さな謎《なぞ》

「私がしたことを、許《ゆる》せないのよ。だから彼女は怒《おこ》って、それで……！」

こらえきれない嗚咽《おえつ》が、藍沢《あいざわ》の口から漏《も》れた。目の前にいる英語教師はうろたえたように視線《しせん》を揺《ゆ》らす。その部屋の前で、藍沢は廊下《ろうか》に崩《くず》れ落ちるように蹲《うずくま》った。

藍沢は美術《びじゅつ》教師だ。幻想《げんそう》や空想を現実《げんじつ》として表現《ひょうげん》するのも芸術《げいじゅつ》だ。だから、あると思ったら『ある』。いると思ったら『いる』。藍沢が『いる』と感じたのなら『いる』のだ、彼女は。

どうして自分は、あんな――恐《おそ》ろしいことをしてしまったのだろう。

「東雲《しののめ》さんは怒《おこ》って、だから出てきたんです。――幽霊《ゆうれい》になって、ここに！」

美術《びじゅつ》教師になったのは、藍沢が選択《せんたく》したからではない。なるしかなかった。彼女にはその道しか残されていなかったのだ。

〝十《とお》で神童　十五で才子　二十歳《はたち》過《す》ぎれば只《ただ》の人〟――藍沢はその諺《ことわざ》をひどく恨《うら》んでいる。この子は期待できる、大物になると持ち上げられ、大人たちの思う通りにいかなければ打ち捨《す》てられる。その子どもに意思があることを忘《わす》れたかのように。

そうやって見捨《みす》てられた子がどんな人生を歩むことになるのか、彼ら、彼女らはわかっているのだろうか。

初めはただ、絵を描《か》くのが好きなだけだった。それがいつしか両親の目に留《と》まり、教師《きょうし》の目に留《と》まり、絵の師匠《ししょう》をつけられた。楽しかった絵を描《か》くという行為《こうい》が義務《ぎむ》となっていく。筆を持つ手が重い。まるで鎖《くさり》をつけられているかのようだ。自由だったはずの白いキャンバスは、良い絵を描《か》けと無言で責《せ》める化け物になった。

それでも藍沢は筆をとった。当時の彼女にはそれしかなかったのだ。

画家になれ。名を残せ。この子はきっと大物になる――。すべてが重い。かけられる言葉の一つひとつがくさびとなって、藍沢の心を穿《うが》っていく。

大学受験を検討《けんとう》する頃《ころ》には、うすうす気づいていた。自分には個性《こせい》がない。模範《もはん》的な絵は描《か》けたとしても、その先の一歩に手が届《とど》かない。そのことに周囲《しゅうい》の大人も気づきはじめている。だがしかし、いまさらどうやって生き方を変えればいいのだろう！

あとに引けない藍沢は筆をとり続け、美術《びじゅつ》大学へと進学した。

そして、藍沢は思い知った。この世には芸術《げいじゅつ》の神に愛されている者と、見放された者がいること。愛されるために努力したとて、見放された者は、どうあがいても前者には勝てないこと……。

藍沢は美術《びじゅつ》教師になった。自分の作品だけで食べていくことは、あきらめるしかなかったのだ。

藍沢は教壇《きょうだん》に立ちながら、可能性《かのうせい》を秘《ひ》めた生徒たちを教える。それはあのとき傷《きず》ついた自分自身を慰《なぐさ》める行為《こうい》でもあった。

どんなに才能《さいのう》があると思った子でも、過度《かど》な期待を押《お》し付けないように気をつけた。この子たちが将来傷《しょうらいきず》つかないように。期待をかけることで心の自由を奪《うば》わないように。

そんな折のことだった。東雲空《しののめそら》と出会ったのは。

入学当初から注目の的だった空の心を、藍沢は心配していた。きっと空も、周囲《しゅうい》の期待にがんじがらめになっているはずだ。辛《つら》い思いをしているに違《ちが》いない。だから、その言葉を聞いたとき、藍沢は一瞬《いっしゅん》彼女が何を言っているのか理解《りかい》できなかった。

放課後、美術《びじゅつ》室を使わせてほしいと頼《たの》んできた東雲空に、藍沢はそっと寄《よ》り添《そ》い、言葉をかけた。

「無理してるんじゃない？　辛《つら》い思いをしてまで頑張《がんば》る必要はないのよ」

空は藍沢をきょとんと見た。そして、無垢《むく》な笑みを浮《う》かべたのである。

「ご心配ありがとうございます。でも、大丈夫《だいじょうぶ》ですよ。私はむしろ描《か》かないほうが辛《つら》いです。絵を描《か》くのが、本当に大好きなので！」

期待されてもなお、絵が好きだと宣言《せんげん》する。描《か》かないほうが辛《つら》いと彼女は言う。

藍沢は悟《さと》った。空は、芸術《げいじゅつ》の神に愛されている。藍沢のなりたかった姿《すがた》なのだ。


その日の夜。空が下校したあとの美術室で、藍沢はひとり椅子《いす》に座《すわ》っていた。拳《こぶし》を握《にぎ》りしめる。目の前が赤くなる。叫《さけ》び出したくなり、咄嗟《とっさ》に喉元《のどもと》を押《お》さえた。嫉妬《しっと》、憎悪《ぞうお》、この感情《かんじょう》に名前をつけてはいけない。自覚してはいけない。そう自制《じせい》すればするほど、心の闇《やみ》は深くなる。藍沢の瞳《ひとみ》からこらえきれず涙《なみだ》が落ちた。

「どうして、私じゃなかったの……！」

窓《まど》から差し込《こ》む月明かりが、藍沢の影《かげ》を長く……長く、伸《の》ばしている。

「……私が。私が、東雲空に、なれたら――」

そのひらめきは、まるで天啓《てんけい》のように。藍沢の頭からつま先までを貫《つらぬ》いた。

もうとっくに折り合いがついていた感情《かんじょう》が再《ふたた》び暴《あば》れはじめるのを止めることができず、藍沢は絵筆を握《にぎ》りしめた。

優《すぐ》れた絵の模写《もしゃ》をするのはよくあることだ。たとえ、それが生徒のものであったとしても。藍沢はそう自分に言い聞かせた。一本一本の線を慎重《しんちょう》に。空の思考を読み取るかのように筆を動かす。

「――私は、東雲空」

言葉に出せば、強い願望になる。願望はやがて欲望《よくぼう》になり、欲望《よくぼう》は藍沢の筆をより一層際立《いっそうきわだ》たせる。自らを『東雲空』だと思えば、『東雲空』になれる。だから、絵を描《か》いているその一時《いっとき》だけは、藍沢は『東雲空』だ。

自然と唇《くちびる》から笑みが零《こぼ》れる。これが空の筆致《ひっち》。これが空の絵。これが空の――藍沢の絵。自分と空との境界《きょうかい》が曖昧《あいまい》になる。笑いが止まらない。こんなに幸せなことがあるだろうか……！

無我夢中《むがむちゅう》で描《か》いているうちは『東雲空』でも、描《か》き終われば藍沢はただの一介《いっかい》の教師だ。手元に残った絵の模写《もしゃ》を見つめ、激《はげ》しく打ち震《ふる》えた。

何をしているのだ、自分は。教育者にあるまじき振《ふ》る舞《ま》いではないか。生徒の作品を模写《もしゃ》して、あたかも生徒本人になったかのように高揚《こうよう》する。こんなこと、やってはいけない。きっと戻《もど》れなくなってしまう――……。

けれど、やめられない。描《か》き終われば正常《せいじょう》になる心も、逢魔《おうま》が時には再《ふたた》びそぞろに動き出す。まるで取り憑《つ》かれたかのように藍沢は空の絵を模写《もしゃ》し続けていた。

描《か》き終わった絵は、自分の手でゴミ捨《す》て場まで持っていく。こっそりと、誰《だれ》にも見られないように。それが藍沢のルーティンとなった。

ゴミ捨《す》て場は、掃除《そうじ》の時間を避《さ》ければほとんど人が来ない。描《か》き終わった絵も奥《おく》にそっと置いておけば、学校関係者に見られることなく処分《しょぶん》できる。

文化祭も近づいてきたある日、藍沢はいつものように絵をゴミ捨《す》て場に捨《す》てに行った。そのとき。

「センセー、その絵、捨《す》てんの？」

突然《とつぜん》声をかけられて、藍沢はびくりと肩《かた》を震《ふる》わせた。振《ふ》り返れば、一ノ瀬《いちのせ》みどりがゴミ捨《す》て場の壁《かべ》にもたれてこちらを見ていた。派手《はで》に染《そ》めた髪《かみ》が風に揺《ゆ》れている。

藍沢は息を吸《す》い、平静を装《よそお》ってみどりに向き直った。

「一ノ瀬さん、こんなところでなにしてるの？　そろそろ下校時刻《じこく》だけれど」

「は？　ウザ。あたしがどこでなにしようと、センセーに関係なくない？」

それだけ言うと、彼女は藍沢を睨《にら》みつけた。それでも藍沢が引かないことを悟《さと》ったのだろう、舌打《したう》ちをして踵《きびす》を返す。裏門《うらもん》から彼女が出ていく姿《すがた》を見送ってから、藍沢は息をついた。騒《さわ》がしくなった心臓《しんぞう》を宥《なだ》めながらゴミ捨《す》て場の中に入る。そのままゴミ捨《す》て場の奥《おく》、壁際《かべぎわ》に絵を立て掛《か》けた。

そして藍沢は再《ふたた》び美術室へと戻《もど》った。また、東雲空の絵を模写《もしゃ》するために。

空が学校に来なくなっても、藍沢は絵を模《も》写《しゃ》するのをやめなかった。

斜陽《しゃよう》が差し込《こ》み美術室を橙色《だいだいいろ》に染《そ》めている。模写《もしゃ》がいち段落《だんらく》して、ひと息ついた藍沢は美術室に置いてあった絵巻物《えまきもの》のコピーを手に取った。成神《なりかみ》地方の言い伝えが記された絵巻物《えまきもの》。そこに描《えが》かれた絵を一つひとつなぞるように、藍沢の指先が動く。成神山《なりかみやま》の伝承《でんしょう》。百合紋《ゆりもん》の一族に黒を象徴《しょうちょう》するものを供《そな》えれば、願いが叶《かな》う。自分の中の醜《みにく》い心――空になりたいという黒い心を、真っ白なキャンバスにぶつける。我《われ》ながら滑稽《こっけい》だ。百合紋《ゆりもん》の一族は、藍沢の願いを叶《かな》えてくれるだろうか。

12月6日。校長と教頭に絵画の案内を30分ほどしたあと、連れ立って職員室《しょくいん》へ戻《もど》ったときには、すでに参加予定の教師たちは勢《せい》ぞろいしていた。会議は20時からだったので、若干《じゃっかん》の遅刻《ちこく》である。

藍沢は急いで席につきしばらくすると、はたと気づいた。自分は――部屋の鍵《かぎ》を閉めただろうか？　いや、閉めていない。

「すみません、鍵《かぎ》を閉め忘《わす》れてしまって。すぐに戻《もど》ります」

慌《あわ》てて立ち上がった藍沢に、隣《となり》の教師が「もう暗いでしょう？　一緒《いっしょ》に行きますよ」と声をかけてくれた。その言葉に甘《あま》えて、急いで2人で鍵《かぎ》を閉めに行く。

「これでよし。いや……しかし、藍沢先生も大変ですね。いくら美術《びじゅつ》関係のことだからとはいえ」

絵が展示《てんじ》された部屋の戸締《とじま》りを確認《かくにん》しながら、教師が憐《あわれ》みの視線《しせん》を藍沢に向けた。セレモニーの準備《じゅんび》のことを言っているのだ。藍沢は曖昧《あいまい》に笑いながら答える。

「いえ。これが仕事ですから。それに、赤間《あかま》先生も助けてくださいましたし」

「そういえば、赤間先生はどこにいらっしゃるのでしょう。てっきり藍沢先生たちと一緒《いっしょ》にいると思ったのですが」

「職員室に戻《もど》っていないんですか……?」

思わず腕時計《うでどけい》を見る。もう20時半をすぎていた。藍沢が絵画の案内をしている間、赤間は席を外していたのは記憶《きおく》しているが、いったいどこに行ったのだろう。藍沢はスマートフォンを取り出して赤間の番号を呼《よ》び出した。数コールのちに慌《あわ》てた様子で通話に出た彼に、藍沢は淡々《たんたん》と告《つ》げた。

「赤間先生。どこで、なにしてるんですか。会議がはじまっております」

7日の朝8時半。藍沢が職員室に行くと、ドアの前で赤間と鉢合《はちあ》わせした。どうやら昨日のことを反省しているらしい。「本当にすみません」としきりに頭を下げる赤間を見て、藍沢は思わず笑ってしまう。この教師は、どうも憎《にく》めない。

2人そろって絵画が展示《てんじ》されている部屋の鍵《かぎ》を開け、セレモニー開始時間まで、その場で待機《たいき》することにした。

「……いよいよですね」

赤間が吐息《といき》をつくように呟《つぶや》く。その言葉に藍沢も頷《うなず》いた。

「ええ。……無事に終わるといいのですが」

そして、事件《じけん》が明るみになった。

眩暈《めまい》がする。喉《のど》が干上《ひあ》がる。心臓《しんぞう》が張《は》り裂《さ》けそうなほど激《はげ》しく鳴っている。

藍沢は確信《かくしん》した。

空は、怒《おこ》っている。藍沢のしたことを全部知っているのだ。だから空は——。

足元の地面が崩《くず》れ落ちそうなほどの恐怖《きょうふ》が藍沢を襲《おそ》った。やめておけばよかったのだ。あんなこと、しなければよかった。でも、もうすべてが遅《おそ》い。


その数日後。

美術室のドアが控《ひか》えめにからりと開いた。入ってきた人物を見て藍沢は息をのんだ。

「……あなたは、数学の」

「すみません。聞きたいことがありまして……お邪魔《じゃま》ですか？」

「いえ。どうぞ。散らかっておりますけれど」

ついこの間配属《はいぞく》されたばかりの非常勤《ひじょうきん》の数学講師は、白衣を翻《ひるがえ》して美術室に入ってくる。そのまま興味《きょうみ》深そうに辺りを見回した。

「美術室という場所に久《ひさ》しぶりに入りましたが、面白いですね」

「そうでしょうか」

「あの絵はなんというタイトルですか。色使いが素敵《すてき》ですね」

彼が見つめる先には、水彩《すいさい》の風景画がかかっている。テラコッタ色に輝《かがや》く街並《な》みに、風車が回る様子が描《えが》かれたものだ。丸い額縁《がくぶち》も相まって牧歌的な雰囲気《ふんいき》が漂《ただよ》っている。

「『のどかな街』という絵なんです。オランダの街並《な》みを描《えが》いたものなんですよ」

「その隣《となり》の絵は」

「油絵です。あれは『絵描《か》きとしてのモンタージュ』。真四角が連なったような模様《もよう》が描《か》き手と鑑賞者《かんしょうしゃ》――つまり、私たちを表しているのですって」

講師は目を丸くして「難《むずか》しいですね」と苦笑した。

あまりにも素直《すなお》に言うものだから、藍沢もつられて笑みを零《こぼ》した。

「これはもっと面白いですよ。彫刻《ちょうこく》なんですけど」

そう言いながら、壁棚《かべだな》に展示《てんじ》してある彫刻《ちょうこく》作品を手で指し示《しめ》した。

「この作品のタイトル、なんだと思いますか？」

講師は顎《あご》に手を添《そ》えて、小首を傾《かし》げる。しばらく考えたようだが、お手上げだというように肩を竦《すく》めた。

「ピラミッドにしか見えません。でも、きっと違《ちが》うんでしょう？」

「はい。このタイトルは『私という自我《じが》をここに示《しめ》す』です」

「深いですね……僕にはさっぱりだ」

笑いながら言う講師に幾《いく》ばくか警戒《けいかい》を解《と》いて、藍沢は口調を変えた。

「それで、先生。私に聞きたいこと、とはなんでしょう？」

講師は口元に笑みを残したまま、藍沢に向き直る。

「赤間先生から聞きました。藍沢先生、なにか悩《なや》まれているとか」

藍沢は息をのんだ。

「自分のしたことが許《ゆる》せない。だから東雲空さんが怒《おこ》っている、と赤間先生に訴《うった》えたそうですね。彼はずいぶんと心配していましたよ」

「そう、です、か」

声が震《ふる》えそうになる。何もかもお見通しだと言わんばかりの講師の瞳《ひとみ》が、藍沢を静かに見つめている。

「僕が聞きたいのは、赤間に漏《も》らした言葉の意味です。いったい、あなたはなにをして、そしてなにに怯《おび》えているのでしょう」

「そんなこと、聞いてどうするんですか」

「外部の人間にしか話せないこともあるでしょう。先生の苦しみを取り除《のぞ》くために、力になれないかとお節介《せっかい》を焼いていると思ってください」

藍沢の視線《しせん》は救いを求めるように彷徨《さまよ》い続ける。講師の色素《しきそ》の薄《うす》い瞳《ひとみ》が藍沢の視線《しせん》を絡《から》め取る。話してしまおうか。この講師に、藍沢がしたことを。そして当日見たものを。だがしかし、それを言ったらどうなる？

講師はしばらく何も言わなかった。そのまま訴《うった》えかけるようにゆっくりと瞬《まばた》きをすると、「お話、ありがとうございました」と会釈《えしゃく》をした。

講師が行ってしまう。彼がこの場から去ってしまったら、誰《だれ》が彼女を断罪《だんざい》するというのだろう！

「——待って！」

踵《きびす》を返し、美術《びじゅつ》室のドアを開けた彼を呼《よ》び止めたのは、藍沢の、良心の叫《さけ》びだったのかもしれない。

手元にあった紙に走り書きで図を描《か》きつける。震《ふる》える手でその紙を彼に差し出した。

「これは？」

「頭1文字をつないでください。それが真実となります」

「真実……?」

「――切り裂《さ》かれた絵画の、真実です」

講師の視線《しせん》を受け止めきれない。顔を伏《ふ》せた。

「……聞いていただけますか。私の罪《つみ》を、そして私の知っていることのすべてを」

講師が驚いたように目を見開き、ややあって頭を下げる。藍沢の意が伝わったのだ。

彼女は再び目を伏《ふ》せ、「ごめんなさい」と囁《ささや》いた。

? 切り裂《さ》かれた絵画の真実

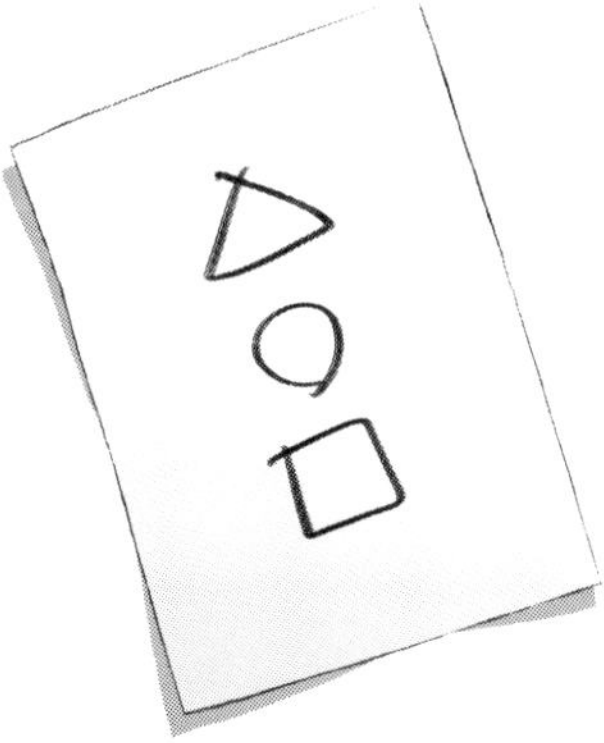

証言

「すみません、鍵《かぎ》を閉め忘《わす》れてしまって。すぐに戻《もど》ります」（藍沢）

「赤間先生。どこで、なにしてるんですか。会議がはじまっております」（藍沢）

「――切り裂《さ》かれた絵画の、真実です」（藍沢）

TIPS
ヒント

！セレモニーのあと、藍沢は取り乱《みだ》していた

！藍沢は成神地方の伝承《でんしょう》が記された絵巻物《えまきもの》を見ていた

！藍沢は模写《もしゃ》した絵をゴミ捨《す》て場に捨《す》てに行っていた

Episode 7

バイオレット メモリー

予備校生と紫《し》乃《の》が
人《ひと》魂《だま》を目《もく》撃《げき》した時《じ》刻《こく》

小さな謎《なぞ》

「誰《だれ》だ！」

しくじった、と紫乃《しの》は歯噛《はが》みする。身を翻《ひるがえ》し、彼女はまだぎこちない足を前に出して必死に走った。背後《はいご》で何かが落下する音、男同士が怒鳴《どな》りあっている声が聞こえた。

「違《ちが》います！　俺はただ、写真を撮《と》ろうとしただけで！　嘘《うそ》だと思うなら、これ名刺《めいし》！　ここに連絡《れんらく》してもらえれば……！」

「もう1人はどこに行った！」

「えっ、知りませんよ！　俺はひとり……」

声が少しずつ遠くなる。紫乃は、息を荒《あら》らげながら駅までの道を駆《か》け抜《ぬ》ける。

この日、決心して成神高校の近くまで行ったものの、例の物を見てから数時間。散々悩《なや》み、考え、行動を起こしたにもかかわらずこの結果だ。そのことがとても悔《くや》しい。慌《あわ》てていたのだろう。予備校の会員カードを落としていたこと、それを警備《けいび》員が拾っていたことに、紫乃は気づかなかった。

「リハビリなんてしないって言ってるでしょ！」

きつく当たる紫乃に、看護師《かんごし》はことさら柔《やわ》らかい口調でこう言った。

「九条《くじょう》さん、頑張《がんば》ればまた走れるようになるよ。趣味《しゅみ》の範囲《はんい》なら運動だってできる」

「うるさい！　出てって！」

「踊《おど》れなくなっただけで、日常《にちじょう》生活に支障《ししょう》は――……！」

気づけば、松葉杖《まつばづえ》を投げつけていた。看護師《かんごし》のおびえた視線《しせん》が紫乃を貫《つらぬ》くが、そんなことはどうでもいい。

「踊《おど》れないなら意味ないの！　私の足、戻《もど》してよ！　病院でしょ！　治してよ！」

テーマパークのダンサーになりたい。それだけを夢《ゆめ》見て、幼《おさな》い頃《ころ》からずっと頑張《がんば》ってきたのに。オーディションの直前で交通事故《こうつうじこ》に巻《ま》き込《こ》まれ、ここ、成神総合《なりかみそうごう》病院に運ばれた。よりによって足のケガ。しかも、治ったとしても以前のように踊《おど》るのは難《むずか》しいだろうと宣告《せんこく》された。

何か看護師《かんごし》が言っていたような気がしたが、自分の泣き声で聞こえなかった。そのまま泣いて、泣いて、涙《なみだ》で顔が溶《と》けるんじゃないかと思うまで泣いて――気づいたら、彼女が、そこにいたのだ。

「ねえ、これ」

紫乃が投げつけた松葉杖《まつばづえ》を差し出したのは、同い年くらいの少女だった。紫乃と同じように入院しているのだろう、パジャマ姿《すがた》にカーディガンを羽織《はお》っている。

「……ほっといてよ！」

紫乃は松葉杖《まつばづえ》を振《ふ》り払《はら》った。病室の床《ゆか》に乾《かわ》いた音を立てて、杖《つえ》が転がっていく。彼女は驚《おどろ》いたような表情《ひょうじょう》でその様子を見ていた。

「早く退院《たいいん》できるといいね。私、東雲空《しののめそら》。しばらく入院してるから、よろしくね」

息を荒《あら》くした紫乃に何を思ったのだろう、東雲空と名乗った少女はそのままスタスタと病室から出て行ってしまう。その後ろ姿《すがた》を見て紫乃は唇《くちびる》を嚙《か》みしめた。

翌日《よくじつ》、紫乃がベッドから窓《まど》の外を見ると、彼女——東雲空がいた。病院の裏庭《うらにわ》でスケッチブックを広げて鉛筆《えんぴつ》を走らせている。目を背《そむ》けようとした、そのとき。

空の体が急にぐらりと傾《かし》ぐ。一気に血の気が引いた。紫乃は慌《あわ》ててベッドから起き上がると松葉杖《まつばづえ》を持つ。何度か転倒《てんとう》しそうになりながら、病室の外に出た。

「看護師《かんごし》さん！　誰《だれ》か……！」

紫乃に事情《じじょう》を聞いた看護師《かんごし》が裏庭《うらにわ》へ走り出す。松葉杖《まつばづえ》をなんとか操《あやつ》ってベッドに戻《もど》ると、まさに裏庭《うらにわ》では救護《きゅうご》活動が行われていた。真っ青な顔をした空が担架《たんか》で運ばれていく。廊下《ろうか》から看護師《かんごし》の「また抜《ぬ》け出してたの、あの子」という声が聞こえた。

その後、空が無事だったこと、あのとき見つけられなければ命が危《あぶ》なかったことを看護師《かんごし》から聞いた。

一度松葉杖《まつばづえ》を使えば、リハビリへの抵抗《ていこう》感はなくなった。リハビリすればするほど、足はよくなっていく。普通《ふつう》に立ち上がれる。ゆっくりだが歩ける。走れるようにもなるだろう。もしかしたらまた踊《おど》れるのではないだろうか。そんな期待を抱《いだ》いてしまう。

「リハビリがてら、散歩してきていい？」

すっかり模範《もはん》的な患者《かんじゃ》となった紫乃に、看護師《かんごし》は明るく笑って頷《うなず》いた。

裏庭《うらにわ》に出ると爽《さわ》やかな風が吹《ふ》く。暦《こよみ》の上ではもう秋なのに、日差しはまだ夏だった。夏の日差しは、幼《おさな》い頃《ころ》に初めてテーマパークに行った日を思い出させる。満面の笑みで踊《おど》るダンサー。あんな風になりたい。なってみせる、と誓《ちか》ったあの頃《ころ》。

「……1回だけ、1回だけだから」

松葉杖《まつばづえ》を地面に置いた。体の重心を中央に。手を上げて勢《いきお》いをつけ――回転。

「あっ……！」

瞬間《しゅんかん》、強《したた》かに地面に体を打ち付ける。紫乃はしばらくその場から動けなかった。もう前とは同じように動けないという事実が重くのしかかる。じんじんと痛《いた》む足を庇《かば》いながら、紫乃はゆっくりと起き上がった。その視線《しせん》の先に――空がいた。

地面にしゃがみ込《こ》み、紫乃に背中《せなか》を向ける形で、絵を描《か》いている。紫乃の目が彼女のスケッチブックに吸《す》い寄《よ》せられる。

「……すっご」

囁《ささや》いた声は、思った以上に裏庭《うらにわ》に響《ひび》いたようだ。彼女は鉛筆《えんぴつ》を走らせる手を止めて、ゆっくりと振《ふ》り返った。

「あ、あのときの」

あのときとは、紫乃が彼女に怒鳴《どな》ったときのことだろう。答えに窮《きゅう》していると、彼女はにこりと笑って「ありがとう」と言った。

突然《とつぜん》のお礼に、紫乃は反応できない。空はにこやかに笑っている。

「ここで倒《たお》れたとき、看護師《かんごし》さんを呼《よ》んでくれたの、あなたでしょ？　あとで聞いたの。本当は病室に行こうかなって思ってたんだけど」

彼女は満面《まんめん》の笑みで言う。

「まだ死にたくなかったから。看護師《かんごし》さん、呼《よ》んでくれてありがとう」

それが、紫乃と東雲空との交流のはじまりだった。


2人はときどき、裏庭《うらにわ》で会うようになった。お互《たが》い無言の日もあれば、会話をする日もあった。紫乃は隣町《となりまち》の高校に通っていること、ダンスのこと。空は成神《なりかみ》高校の2年生で、同い年だということ。空の恋人《こいびと》や、SNS《エスエヌエス》で知り合った親友のこと……。

「退院《たいいん》、まだできないのかなあ……」

空は鉛筆《えんぴつ》を走らせながら、まるで他人事《ひとごと》のような口調で言う。

「検査《けんさ》ばっかりで嫌《いや》になっちゃう。学校にも全然行けないし」

足が治れば退院《たいいん》できる紫乃と違《ちが》って、空はしばらく入退院《にゅうたいいん》を繰《く》り返すのだという。

「ね、その曲、どう？」

「めっちゃいい」

空は目を輝《かがや》かせて紫乃の顔を覗《のぞ》き込《こ》む。半ば無理やり押《お》し付けられた空の『推《お》しバンド』の曲を片耳《かたみみ》で聴《き》きながら、紫乃は素直《すなお》に頷《うなず》いた。おとなしやかな容姿《ようし》なのに、空は激《はげ》しい音楽を好むようだ。意外に思いながら紫乃は音楽に耳を寄《よ》せる。

「だよね！　この曲、ダンスで使っても映《ば》えると思うんだ！」

「うん！　サビとか特に、面白い振《ふ》り付けができそう。私なら――……」

もう踊《おど》れない。わかっているけど、ダンスのことを考えると心が沸《わ》き立つようだ。夢中《むちゅう》で振《ふ》り付けを考えているうちに、涙《なみだ》がこぼれた。

「……ごめん。なんでだろ、涙《なみだ》止まんなくて……っ」

「……うん、わかるよ」

柔《やわ》らかい声で頷《うなず》く空は、紫乃から視線《しせん》を外し手元のスケッチブックを見つめた。

「私にも、絵しかないから。よくわかるよ」

うつむいた空の瞳《ひとみ》から、涙《なみだ》がひと筋《すじ》、頬《ほほ》を伝って落ちた。

秋の気配が深まってきたある日のこと。いつものように裏庭《うらにわ》に行くも、空の姿は見えなかった。空とは特に約束をしているわけではない。しかし、今日に限《かぎ》ってやたら胸《むね》が騒《さわ》ぐ。紫乃の足は空の病室へと向いた。

空の病室は個室《こしつ》だ。たどり着くと、紫乃はノックをして、ドアを開け——……。

空は部屋の隅《すみ》にいた。床《ゆか》に這《は》いつくばるようにしてスケッチブックを見つめている。泣きはらした目元が赤い。握《にぎ》りしめた鉛筆《えんぴつ》は震《ふる》えている。スケッチブックには——何も描《か》かれていない。

「空……？　どうしたの？」

次の瞬間《しゅんかん》。空はスケッチブックの紙をぐしゃっと握《にぎ》った。

「死ぬんだって、私……！」

血の気が引く。肩《かた》に触《ふ》れようとした手を激《はげ》しく振《ふ》り払《はら》われる。

「学校にも、もう、行けない。大切な人たちにも……会えないまま、死ぬの！」

空は持っていた鉛筆《えんぴつ》を振《ふ》り上げ、ぐしゃぐしゃのスケッチブックに向けて振《ふ》り下ろす。突《つ》き刺《さ》さるかと思ったその鉛筆《えんぴつ》は、針《はり》の先ほどの隙間《すきま》を残して止まった。

「……なにを描《か》けばいい？　最後の作品になるかもしれない。なにを描《か》けばいいの。描《か》きたいもの、たくさんあった。でも、最後なの。なにを描《か》けば……！」

とっさに「空！」と叫《さけ》んだ。

「――私を描《か》いて、空！」

「紫乃ちゃんを？」

「そう。私を描《か》いて。描《か》きなさい、空。私を描《か》くの」


それから紫乃は毎日、空と裏庭《うらにわ》で会うようになった。空は真剣《しんけん》な瞳《ひとみ》で、紫乃の姿《すがた》を見つめ、鉛筆《えんぴつ》を走らせている。空を見ながら紫乃は思う。空は絵を描《か》くのが好きだ。でも、きっとそれだけではない。絵を描《か》くことが彼女の生きている理由。きっと最期《さいご》の瞬間《しゅんかん》まで彼女は描《か》き続けるだろう。

では自分は、と紫乃は自身に問いかける。もうほとんど治っている足が目に入った。

ほどなくして、紫乃は退院《たいいん》の日を迎《むか》えた。

「紫乃ちゃん、退院《たいいん》おめでとう」

空は、出会ったときよりも痩《や》せてしまった。細い枝《えだ》のような手で差し出されたのは、1枚《まい》の紙。紫乃の絵だ。紙の中で紫乃が踊《おど》っている。足を高く上げて生き生きと。

「想像《そうぞう》だけど、紫乃ちゃんが踊《おど》ってるとこ、こんな感じだろうなって思ったの」

「あ……がと……う」

嗚咽《おえつ》でうまくお礼が言えない。空は心の底から嬉《うれ》しそうに微笑《ほほえ》んで「誰《だれ》かに贈《おく》るためだけに絵を描《か》いたのは、実は初めてなんだ」とはにかんだ。

「私ね。残された時間で、大切な人に贈《おく》る絵を描《か》こうと思うの」

「空……」

「誰《だれ》かのためになにかを残せるなら、悔《く》いはないかなって。……それが、今の私の夢《ゆめ》。紫乃ちゃんのおかげで見つけた夢《ゆめ》だよ」

そこまで言うと、空は照れたように笑みを零《こぼ》した。

病院を出ると、すっかり冷たくなった風が吹《ふ》く。

「……ダンス、あきらめたくないな」

そう呟《つぶや》けば、体に力が入る。プロにはなれなくてもダンスに関わることはできる。

精一杯《せいいっぱい》あがいてみよう、と紫乃は前を向いた。

退院《たいいん》してしばらくのち、空が亡《な》くなったことを知った。彼女の遺作《いさく》は、通っていた高校に飾《かざ》られるのだという。風の噂《うわさ》でその事実を知った紫乃はそっと青空を見上げた。

「……空。あなたの夢《ゆめ》は、私が叶《かな》える」

12月7日。紫乃は予備校のNo.1《ナンバーワン》ゼミナール成神《なりかみ》校舎に行き、いつも通り19時半からの講義《こうぎ》を受けた。1時間半の講義《こうぎ》が終わり、帰り支度《じたく》をしている紫乃の耳に、予備校の友人の声が届《とど》く。

「だから見たんだって！　ほんとだよ！　ね、紫乃！　マジで怖《こわ》かったよね!?」

突然《とつぜん》話を振《ふ》られて慌《あわ》てて頷《うなず》いた。友人が言っているのは、昨日の出来事だ。

友人は普段《ふだん》から成神《なりかみ》駅を使っている。最寄《もよ》り駅で電車に乗ったのが19時。10分もあれば成神駅に着くので、講義《こうぎ》に間に合う時間に到着《とうちゃく》する予定だった。

しかし、遅延《ちえん》に巻《ま》き込《こ》まれ、予定よりも35分到着が遅《おく》れたようだ。

「駅に着いた時点で遅刻確定《ちこくかくてい》だったし、サボっちゃおって。もう急がなくてもいいし、コンビニに行ったんだよね。そしたらそこで偶然《ぐうぜん》紫乃に会って！　ね、紫乃！」

「そ、そうだったね」と紫乃はなるべく平静を保《たも》ちながら言葉を発した。

「で、そのあとコンビニを出たらさあ、成神《なりかみ》高校の、神社側の窓《まど》のとこに出たんだって。ひ……人魂《ひとだま》が！　絶対《ぜったい》に見間違《みまちが》いじゃない。紫乃も一緒《いっしょ》に見たんだから！」

紫乃が人魂《ひとだま》を見たのは事実だった。しかし、彼女の心を占《し》めたのは恐怖《きょうふ》ではない。あのとき人魂《ひとだま》を見て、迷《まよ》った末に紫乃の揺《ゆ》れ動いていた心は固まった。

だからこそ、そのあと紫乃は、行動を起こしたのだ。

「人魂《ひとだま》のこと、ネットに書いたとき教えてもらったんだけど、あの辺心霊《しんれい》スポットなんだって。もうやだ……。ねえ紫乃、今日も一緒《いっしょ》に帰ろ、昨日みたいにさ……！」

友人があまりに怖《こわ》がるので、今日もみんなで成神駅まで一緒《いっしょ》に帰ることになった。

大きい通りに出ると、間近に成神高校が見える。制服姿《せいふくすがた》の生徒が目に入った。トートバッグにぶら下がったキーホルダーは、空が好きだと言っていたバンドのグッズ。昨日も同じくらいの時間に、高校の前で見かけた子だ。もしかしたら空と仲がよかったのかもしれない、なんて思うと、チクリと胸《むね》が痛《いた》んだ。きっと空も、元気になって学校に通いたかったに違《ちが》いない。もっと生きていたかったに違《ちが》いない……。

「そういえばさ、紫乃。昨日はなんであのコンビニにいたの？　講義《こうぎ》の日じゃなかったよね？」

友人の問いかけに、紫乃は「なんでだったかな」と曖昧《あいまい》に笑うことで答えた。

？ 予備校生と紫乃が人魂《ひとだま》を目撃《もくげき》した時刻《じこく》

証言

「私ね。残された時間で、大切な人に贈《おく》る絵を描《か》こうと思うの」（空）

「……空。あなたの夢《ゆめ》は、私が叶《かな》える」（紫乃）

「ねえ紫乃、今日も一緒《いっしょ》に帰ろ、昨日みたいにさ……！」

（紫乃の予備校の友人）

TIPS
ヒント

！紫乃は予備校の会員カードを落とした

！空の夢《ゆめ》は「大切な人に絵を贈《おく》る」ことだった

！紫乃は空の遺作《いさく》が成神高校に飾《かざ》られることを知っていた

！紫乃と予備校の友人は人魂《ひとだま》を見た

推理《すいり》の時間

またお会いできて光栄です。ゲームマスターのU《ユー》です。

あなたは、事件《じけん》の真相にたどり着くことができたでしょうか？

もし、まだ犯人《はんにん》が見つかっていないのであれば、【証言《しょうげん》】や【TIPS《ティップス》】をもう一度確認《かくにん》してください。【小さな謎《なぞ》】の答えにも、ヒントが隠《かく》されていることがあります。

すべての謎《なぞ》を解《と》き明かすことができたら、左の袋《ふくろ》とじを開封《かいふう》し、その先にある物語の真実へとお進みください。

エンディング／解説《かいせつ》

これより先は犯人《はんにん》の描写《びょうしゃ》や小さな謎《なぞ》の答えがあります。答えがわかるまで絶対《ぜったい》に開かないでください。

冬休み直前の授業《じゅぎょう》を終えた赤間《あかま》はスマホを確認《かくにん》する。ロック画面に1件通知が入っていた。講師からの連絡《れんらく》だ。

『報告《ほうこく》しよう。放課後、情報処理準備室《じょうほうしょりじゅんび》に来てくれ』

白の探偵《たんてい》は、もう謎《なぞ》を解《と》き明かしたらしい。もしかしたら、幽霊事件《ゆうれいじけん》のことも聞けるかもしれない。放課後が待ち遠しい。赤間は上機嫌《じょうきげん》で職員室へと向かった。

「東雲《しののめ》さんは、そんなことをしても喜《よろこ》ばないって思ったんです。だから、誰《だれ》かに彼を止めてもらいたくて、それで……」

橙子《とうこ》は講師に訴《うった》えかける。

「君の勇気は立派《りっぱ》だったと思うよ。このまま彼が例の騒《さわ》ぎを続けていたら、叱《しか》られるだけでは済《す》まなかったかもしれない。……それにしても、よく気づいたね。あの幽霊《ゆうれい》が、彼だって」

「当たり前です。だって、私、ずっと見てきましたから」

この恋《こい》は実らなかったけれど。彼を見てきたからこそ、助けることができた。彼を好きになったことを橙子は決して後悔《こうかい》しないだろう。


「へえ、よく調べてあるじゃないか。いいね黄本《きもと》くん」

クライアントの評価《ひょうか》も上々だったその記事は、昨今の流行《はや》りも影響《えいきょう》したのだろう、SNS《エスエヌエス》を中心にあっという間に広まった。黄本は口元を綻《ほころ》ばせる。これでしばらく、仕事に困《こま》らなくなるに違《ちが》いない。

そうして彼はこのあと、別の怪《あや》しい事件《じけん》に巻《ま》き込《こ》まれる。再《ふたた》び白の探偵《たんてい》と相まみえるのだが、それはまた別のお話だ。


「……許《ゆる》せなかったんだ。空《そら》の絵をめちゃめちゃにしたやつが」

講師に騒動《そうどう》の真相を言い当てられた青斗《あおと》は、唇《くちびる》を噛《か》み締《し》めた。

「あの日、空に突然《とつぜん》、しばらく会えないって言われたんだ。俺、わけがわからなくて。あれが最後だったなら、俺はもっと空にかける言葉があったはずなんだ……！　だから、せめて、仇《かたき》を討《う》ちたかった。犯人《はんにん》が名乗り出るまで続けるつもりだったのに」

悔《くや》しさをにじませた青斗に何を思ったのだろう。講師の口調が柔《やわ》らかくなる。

「もしかしたらね、近いうちに君に贈《おく》り物が来るかもしれない」

「贈《おく》り物……ですか？」

それ以上、講師は口を開かない。青斗は彼が何を言っているのか探《さぐ》ろうとしたものの、言うべき言葉が思いつかずに口を噤《つぐ》んだ。

美術《びじゅつ》室で藍沢《あいざわ》は絵筆をとった。空の絵の模写《もしゃ》をしていたときに感じていた高揚《こうよう》感はもう訪《おとず》れない。彼女の心を占《し》めるのは、凪《な》いだ海だ。まるで憑《つ》き物が落ちたかのように、彼女の心は穏《おだ》やかだった。

「『青は藍《あい》より出《い》でて藍《あい》より青し』と言いますけれど」

あのとき、講師が意味深に残した言葉がよぎる。

「藍《あい》がなければ青は生まれなかった。あなたはこれから、東雲さんのような生徒を指《し》導《どう》する教育者になるのでしょう。その教育者が、特に芸術《げいじゅつ》という分野を教える方が、今回のような『あやまち』を怖《こわ》いと思うことが大切なのだと、僕は思っています――偉《えら》そうに、すみません」

自分の中に巣くった醜《みにく》い化《ば》け物はもういない。藍沢は白のキャンバスに色を乗せる。鮮《あざ》やかな藍《あい》色、彼女だけの色を。


「警備員《けいびいん》から預《あず》かっているよ。これ、君の通う予備校の会員カードだよね」

白い服の男は、予備校帰りであろう紫乃《しの》に会員カードを差し出してみせる。

「6日の夜に、成神《なりかみ》高校に侵入《しんにゅう》しようとしたのは、君だね」

紫乃は視線《しせん》を逸《そ》らす。空の絵を取り戻《もど》したかったのに、もうその機会は訪《おとず》れない。

彼女にはわかっていた。自分は失敗したのだと。

「教えてくれないか。どうしてそんなことをしようとしたの？」

紫乃は観念して瞳《ひとみ》を閉じた。そして、話しはじめた。空との思い出を。


「ちょっと突然《とつぜん》なんなの、センセー」

情報処理準備室に呼《よ》び出した彼女——一ノ瀬《いちのせ》みどりは不機嫌《ふきげん》そうな顔を隠《かく》しもせずにそう言った。

「もう一度話を聞きたくてね。セレモニー前日のことだけど、ボランティアが終わったあと、どうしたんだっけ？」

「だから、すぐに帰ったって言ったじゃん」

「それは嘘《うそ》だよね」

講師は目に憂《うれ》いの色を浮《う》かべた。

「実はね、君を見かけた子がいるんだ。近くの予備校に通っている子なんだけど。その子は、6日の21時すぎに、君を学校の前で見たと言っている」

「どうしてあたしだってわかったの？　証拠《しょうこ》は？」

「君のカバンについているキーホルダー、バンドの限定《げんてい》グッズなんだよね。しかも、限定《げんてい》5個《こ》なんだっけ」

みどりは答えない。ただ挑戦《ちょうせん》的に講師の瞳《ひとみ》を見つめ返している。

「その子もそのバンドのことを知っててね。珍《めずら》しいキーホルダーだったからおぼえていたみたいなんだ。失礼だけど、あんまり有名じゃないバンドの限定《げんてい》グッズを持っている成神高校の生徒って、限《かぎ》りなく少ないんじゃないかな」

「……うっさいな、だからなんだよ！　そんなの証拠《しょうこ》にならないだろ!?」

「実はね。ボランティアが終わったあと、6日の19時半から20時前に、先生たちが絵画の無事を確認《かくにん》しているんだ。そのあと職員会議中《かいぎ》に施錠《せじょう》していないことに気づいたそうだよ。藍沢先生と他の先生が鍵《かぎ》を閉めたのはその日の20時半。つまりね、6日の20時から20時半、この時間帯だけが鍵《かぎ》が開いていて、かつ部屋が無人の状態《じょうたい》だったということだ。それ以外の時間帯は、犯行《はんこう》が不可能《ふかのう》なんだよ。もう一度聞こう。ボランティアが終わったあと、君はなにをしていたの?」

黙《だま》っているみどりに、講師はスマホを差し出した。匿名掲示板《とくめいけいじばん》に記載《きさい》された書き込《こ》みを見せる。

「人魂《ひとだま》を見たって書き込《こ》みがあるんだけどね。この『人魂《ひとだま》』に心当たりがあるんじゃないかな」

みどりは一歩あとずさる。大きなトートバッグについたキーホルダーが、その拍子《ひょうし》にチカチカと光る。

瞳《ひとみ》に涙《なみだ》をにじませながら、みどりは怒鳴《どな》った。

「……うっさい！　うっさいよ！　センセーになにがわかんの⁉　だって、こうするしかなかったんだ！　こんなことくらいしかできないから、だからあたし……！」

講師はみどりに柔《やわ》らかく微笑《ほほえ》みかける。

「一ノ瀬みどりさん。僕はきっと答えにたどり着いたと思う。君は確《たし》かに絵画を切り裂《さ》いた。でも、東雲空さんの絵画を切り裂《さ》いたわけではないんだね」

みどりの目が左右に揺《ゆ》れる。

「そして、東雲空さんの本物の絵画は、君が持っている」

観念したように肩《かた》を落としたみどりは、囁《ささや》くように言った。

「……空に、迷惑《めいわく》かけたくなかった。こんな、あたしみたいな子が友だちだなんて思われたらダメだって。……でも死ぬなんて思ってなかった。もし知ってたら、あたし、空にちゃんと言ったのに。ｂｌｕｅ《ブルー》でしょって。で、あたしがｇｒｅｅｎ《グリーン》だって。2

人で音楽の話、して、ぜったいリアルでも、仲良くなったのに……！」
みどりの頬《ほほ》を涙《なみだ》が伝う。彼女の後悔《こうかい》が痛《いた》いほど伝わる、そんな涙《なみだ》だった。

「つまりね、一ノ瀬さんは、東雲さんの夢《ゆめ》を叶《かな》えたかったんだそうだ」

すべてが終わったあと。情報処理準備室で『パワフルメイト』を齧《かじ》りながら、講師は赤間に事の次第《しだい》を説明する。
「東雲さんは、自分の夢《ゆめ》は描《か》いた絵を大切な人に贈《おく》ることだと、彼女に伝えていたそうだよ。東雲空の遺作《いさく》ともなれば、メディアが放っておかない。どんなに嘆願《たんがん》しても、しかるべきタイミングで美術館《びじゅつかん》などに収《おさ》められてしまうと考えたんだろうな。その前に絵を取り替《か》え、取り替《か》えたことがわからないよう偽物《にせもの》の絵を切り裂《さ》いた。そして本物の彼女の遺作《いさく》を、東雲さんが本当に贈《おく》りたかった相手に届《とど》けたかったんだ」

「それじゃ、あれはどうなってるんだ。幽霊騒《ゆうれいさわ》ぎは」

「それは、東雲さんの恋人《こいびと》、立野《たての》青斗君の狂言《きょうげん》だ」

講師は青斗の動機を赤間に伝え、口元に笑みを浮《う》かべた。

「彼はすでに優秀《ゆうしゅう》な俳優《はいゆう》だ。完璧《かんぺき》に少女を演《えん》じ切っていた。彼の将来《しょうらい》は明るいよ」

赤間の目が潤《うる》みはじめたのを、講師は見逃《みのが》さなかった。わざとからかうように言葉を放つ。

「赤間先生。幽霊《ゆうれい》に会えなくて残念だったね」

「バカ野郎《やろう》」

2人は揃《そろ》って窓《まど》の外を見る。真っ青な冬の空がどこまでも広がっていた。

解説《かいせつ》

読者のみなさま、ごきげんよう。ゲームマスターのU《ユー》です。

このページを開いているということは「切り裂《さ》かれた絵画」の事件《じけん》の犯人《はんにん》がわかったということですね。ここからのページは【小さな謎《なぞ》】の答えと、容疑者《ようぎしゃ》たちのアリバイの解説《かいせつ》です。

【小さな謎《なぞ》】の答え

P.016
《エピソード0》白の探偵《たんてい》

？　赤間《あかま》が受け取ったパズルの答え

答え「HE」

ヒントは赤間が持っていたリバーシのコマ、そして彼の担当《たんとう》教科です。「白」と「黒」を英語に直すと「WHITE」と「BLACK」。パズルには、それぞれの○の色に対応《たいおう》する英単語のローマ字を、頭から数えた番号が記されています。

❹❸④＝

『BLACK』の4、3番目、『WHITE』の4番目のローマ字＝CAT

①❸❷❺＝

『WHITE』の1番目、『BLACK』の3、2、5番目のローマ字＝WALK

②⑤＝『WHITE』の2、5番目のローマ字＝HE

となり、「HE」という単語が浮《う》かび上がってきます。

P.036《エピソード1》赤は奇《き》に誘《いざな》われ

？ 絵画が展示《てんじ》された部屋の名称《めいしょう》

答え「書架準備室《しょかじゅんびしつ》」

赤間が校内で向かった先を、MAP《マップ》を見ながら考えます。

教職員用の昇降口《しょうこうぐち》↓職員室↓廊下《ろうか》に出て↓少し進んだところの渡《わた》り廊下《ろうか》を渡《わた》りきり校舎《こうしゃ》へ入る↓最上階まで階段《かいだん》をのぼった↓ゆっくり東に進んだ↓外からテニスボールを打つ音↓掛《か》け声が左耳に届《とど》いた↓廊下《ろうか》の突《つ》き当たり。

赤間の足どりをたどると、廊下《ろうか》の突《つ》き当たりは「書架準備室」だということがわかります。

P.054《エピソード2》オレンジ色の後悔《こうかい》

？　音楽系配信者の新曲のタイトル

答え「ゴミ捨《す》て場」

「この配信者は歌詞《かし》に凝《こ》っている」「今回も仕掛《しか》けがある」がヒントです。

『午前7時の朝日を浴びたら　さあ歩き出そう
見た目なんか気にしない　ココロもぜんぶ自然体
ステップ踏んで　約束の地へ行くの
手には　あの日の涙のあと
バイバイ、昨日までの私』

歌詞《かし》の各行の頭の1文字を取って読むと「ゴミ捨《す》て場」となります。

P.074《エピソード3》成神《なりかみ》地方における黄泉《よみ》がえりの伝承《でんしょう》について

? 呪符《じゅふ》に書かれた呪文《じゅもん》の意味

答え「イレカワリ」

月の満ち欠けの、欠けている方に注目しましょう。

それぞれの三日月の欠けている箇所《かしょ》を、対応《たいおう》するカタカナと漢字に当てはめると「作→イ」「ル→レ」「助→カ」「冥→ワ」「帰→リ」。隠《かく》されていた答えは「イレカワリ」となります。

死者の「黄泉《よみ》がえり」は、実は一族のうちの生きている誰《だれ》かが「入れ替《か》わり」、死者が蘇《よみがえ》ったように見せかけただけ、ということがわかります。

P.094 《エピソード4》反骨《はんこつ》グリーン

? blue《ブルー》から送られてきた暗号の意味

答え「しののめそら」

〝サバンナサソリ〟の曲の歌詞《かし》「スマホに文字を打ち込んでは消す」がヒントです。スマートフォンの「かな入力モード」のボタンを「数字入力モード」の数字に置き換《か》え、矢印の方向にフリック入力すると「3←＝し」「5↓＝の」「5↓＝の」「7→＝め」「3↓＝そ」「9＝ら」となります。

P.114《エピソード5》君と見た青空

？　ハヤシが買ってきてほしい物

答え「ペンライト」

文章をよく読みましょう。

演出家《えんしゅつか》のハヤシ、という文より、「ハヤシ＝演出家《えんしゅつか》」であることがわかります。また、青斗《あおと》とナミキの会話《かいわ》から、演出家《えんしゅつか》がペンライトを買おうとしていたことがわかります。よって「ペンライト」が答えです。

P.134《エピソード6》藍《あい》より出《い》でて

？　切り裂《さ》かれた絵画の真実

答え「私の絵」

講師と藍沢《あいざわ》の会話にヒントがあります。〝丸い〟額縁《がくぶち》に入った『のどかな街』という絵。〝真四角〟が連なった模様《もよう》の『絵描《えか》きとしてのモンタージュ』、〝ピラミッド（三角形）〟に見える彫刻《ちょうこく》は『私という自我《じが》をここに示《しめ》す』。

各美術品《びじゅつひん》の象徴《しょうちょう》となる図形を、手渡《てわた》された紙に書かれた▲↓●↓■の順に並《なら》べ、藍沢の『頭1文字をつないでください』をヒントに、各作品のタイトルの頭1文字に置き換《か》えると、「私の絵」となります。

P.154 《エピソード7》バイオレットメモリー

？ 予備校生と紫乃《しの》が人魂《ひとだま》を目撃《もくげき》した時刻《じこく》

答え「20時」

予備校仲間の友人が電車に乗ったのは「19時」で、「10分もあれば成神《なりかみ》駅に着く」が、遅延《ちえん》に巻《ま》き込《こ》まれ、予定よりも「35分到着《とうちゃく》が遅《おく》れた」。このことから、彼女が成神駅に着いたのは19時45分であることがわかります。《エピソード5》では、成神駅からコンビニへは徒歩15分くらいかかることがわかります。コンビニを出たときに人魂《ひとだま》を目撃《もくげき》したので、20時が人魂《ひとだま》の目撃時刻《もくげきじこく》です。

容疑者《ようぎしゃ》たちのアリバイ

容疑者《ようぎしゃ》のアリバイを確認《かくにん》するためには、まず事件《じけん》現場と犯行時刻《はんこうじこく》を確定《かくてい》します。《エピソード1》の【小さな謎《なぞ》】を解《と》き明かすと、絵画が展示《てんじ》されていた場所が書架準備室であることがわかります。書架準備室の状況《じょうきょう》を確認《かくにん》していきましょう。

《エピソード0》では、業者がセッティングを終えたあと、教員たちは絵画の無事を確認《かくにん》しています。《エピソード1》では、19時半ごろ校長と教頭が来て、藍沢が絵画の案内をしました。《エピソード6》では、それは30分ほどだったと記述があります。

つまり、6日の20時の時点では、絵画は切り裂《さ》かれていなかったということです。

藍沢たちはそのあと職員室《しょくいんしつ》へ行き、施錠《せじょう》を忘《わす》れたことを思い出し、20時半に書架準備室に戻って鍵《かぎ》を閉めました。そう、この30分間が空白の時間、つまり犯行時刻《はんこうじこく》が6日の20時〜20時半であることがわかります。

以上を踏《ふ》まえて、各容疑者《ようぎしゃ》のアリバイを見ていきましょう。

・赤間《あかま》

赤間は、《エピソード1》《エピソード3》より、犯行時刻《はんこうじこく》に焼きそばパンを買いに行っていたこと、そこで店主と30分も雑談《ざつだん》していたことが明らかになります。このことから、犯行時刻《はんこうじこく》に事件《じけん》現場にいることは不可能《ふかのう》です。

・橙子《とうこ》

《エピソード2》を見ると、彼女は青斗のあとを追うように学校を出て、20時に同じ電車に乗り込《こ》みました。その後最寄《もよ》り駅で降《お》りたことがわかりますが、彼女の自宅《じたく》の最寄《もよ》り駅は成神《なりかみ》駅から1時間。彼女に犯行《はんこう》は不可能《ふかのう》です。

・黄本《きもと》

《エピソード3》で黄本の行動を読み解《と》くと、彼が記事の執筆依頼《しっぴついらい》を受けたのは11月22日で、〆切《しめきり》は2週間後……つまり、12月6日が〆切《しめきり》日でした。〆切《しめきり》当日に原稿《げんこう》を提《てい》出《しゅつ》したあと、19時すぎからバーにおり、クライアントと1時間半通話していたことはバーのマスターも認めています。つまり20時半まで黄本は確実《かくじつ》にバーにいたということがわかります。よって、黄本も容疑者《ようぎしゃ》から外れます。

・青斗《あおと》

《エピソード2》でわかる通り、橙子と同様に、彼の自宅《じたく》の最寄《もよ》り駅は成神駅から電車で1時間以上かかります。そして、6日の20時の電車に彼も橙子と一緒《いっしょ》に乗り込《こ》んでいます。そのため、彼に犯行《はんこう》は不可能《ふかのう》です。

・藍沢《あいざわ》
空《そら》に嫉妬《しっと》にも似《に》た感情《かんじょう》を持っていた藍沢は、いかにも怪《あや》しい人物です。しかし、《エピソード1》《エピソード6》などから、彼女は常《つね》に誰《だれ》かと行動しており、犯行時刻《はんこうじこく》に1人で行動していませんでした。よって、容疑者《ようぎしゃ》から外れます。

・紫乃《しの》
《エピソード7》では、紫乃が6日の20時に人魂《ひとだま》を目撃《もくげき》したあと予備校の友人と一緒《いっしょ》に帰っています。《エピソード5》でわかる通り、コンビニから成神駅までは15分かかり、仮《かり》に駅に着いたあとすぐに高校に向かったとしても20時半。20時~20時半の間に犯行《はんこう》に及《およ》ぶことは不可能《ふかのう》です。

・みどり

もうおわかりですね。絵画を切り裂《さ》いた犯人《はんにん》はみどりです。《エピソード4》でみどりの言った『ボランティアが終わったらすぐ帰ったよ』、この言葉がたったひとつの嘘《うそ》の証言《しょうげん》でした。

犯行時刻《はんこうじこく》である20時〜20時半にアリバイがないのはみどりだけです。それを裏付《うらづ》けるかのように《エピソード7》では、6日の21時すぎに紫乃が成神《なりかみ》高校の前で、「空が好きだったバンドのキーホルダーをトートバッグにつけている」生徒を目撃《もくげき》しています。紫乃の目撃《もくげき》した生徒がみどりであるということが示《しめ》されているのです。

ほかにも犯人《はんにん》を絞《しぼ》り込《こ》むヒントとして、『人魂《ひとだま》』があります。《エピソード7》では、予備校生と紫乃がコンビニから出たときに成神高校の神社側の窓《まど》に人魂《ひとだま》を目撃《もくげき》しています。付属《ふぞく》のMAP《マップ》の校内図から、神社側の窓《まど》＝道路に面している北棟《きたとう》の教室の中、ということがわかります。北棟《きたとう》の道路に面している教室『書架準備室』は、空の絵画が展示《てんじ》されている部屋です。

《エピソード4》ではみどりのつけているキーホルダーが懐中電灯《かいちゅう》のように光ること、スイッチが入りやすいということが読み取れます。

そう、人魂《ひとだま》の正体は、みどりのキーホルダーでした。

では、みどりの動機はなんだったのでしょう。

《エピソード4》で、みどりはSNS《エスエヌエス》の友だちblue（空）に彼女の恋人《こいびと》の話と、夢《ゆめ》の話を打ち明けられています。そして《エピソード7》でわかる通り、空の夢《ゆめ》は「大切な人に絵を贈《おく》る」こと。みどりは、空の夢《ゆめ》を叶《かな》えたかったのです。空の絵がこのまま展示《てんじ》されてしまったら、彼女の夢《ゆめ》は永遠《えいえん》に叶《かな》わない。だからその前に絵を回収《かいしゅう》して、彼女の大切な人に渡《わた》そうと、そのために行動を起こしました。

《エピソード6》にあるように、藍沢が絵を捨《す》てるところを目撃《もくげき》したみどりは、捨てられた藍沢の絵と空の絵を「入れ替《か》える」ことにしました。そして、その入れ替《か》えた絵が藍沢の描《か》いた偽物《にせもの》の絵だとわからないように切り裂《さ》いたのでした。

また、同じ目的で学校に忍《しの》び込《こ》もうとした人物がいました。紫乃です。東雲空は、罪《つみ》を犯《おか》してでも彼女の夢《ゆめ》を叶《かな》えたい、と思わせるような、少女だったのでしょう。

最後に、裏《うら》で起こっていた『幽霊事件《ゆうれいじけん》』の犯人《はんにん》は青斗でした。

彼は、少女の役も演《えん》じ切《き》れるほどの演技力《えんぎ》がありました。彼が幽霊事件《ゆうれいじけん》を起こしたのは、空の絵を切り裂《さ》いた人物をあぶりだすためでした。幽霊《ゆうれい》が青斗であると気づいたのは橙子です。彼女は悩《なや》んだ末、幽霊《ゆうれい》に興味《きょうみ》があった赤間に謎《なぞ》のメモを渡《わた》したのです。

解説《かいせつ》は以上です。いかがでしたでしょうか？

ここまでお読みいただいても、まだ謎《なぞ》めいた言動をしている登場人物がいるかもしれません。ただ、それはまた別のお話。

それでは、また。LIAR《ライアー》の世界でお会いしましょう。

ごきげんよう。さようなら！

著 —— 野月よひら

東京都在住の小説家。國學院大學文学部卒。2022年第2回「野いちごジュニア文庫大賞」大賞受賞。著作に『見えちゃうなんて、きいてません！』シリーズ（野いちごジュニア文庫）、『超新釈 5分後にエモい古典文学』（スターツ出版）などがある。

装画 — 石田スイ

漫画家。代表作に『超人X』（となりのヤングジャンプ）、『ジャックジャンヌ』（Nintendo Switch）、『東京喰種トーキョーグール』（週刊ヤングジャンプ）などがある。

切り裂かれた絵画

キリトリ線

キリトリ線

LIAR
嘘つきは、誰だ？

2024年12月17日　第1刷発行

著者　野月よひら
発行人　川畑 勝
編集人　芳賀靖彦
企画・編集　内藤由季子
発行所　株式会社Gakken
〒141-8416 東京都品川区西五反田2-11-8
印刷所　中央精版株式会社

●この本に関する各種お問い合わせ先
本の内容については、下記サイトのお問い合わせフォームよりお願いします。
→ https://www.corp-gakken.co.jp/contact/
在庫については→ Tel 03-6431-1197（販売部）
不良品（落丁、乱丁）については→ Tel 0570-000577
学研業務センター：〒354-0045 埼玉県入間郡三芳町上富 279-1

※この物語はフィクションです。実在の人物や団体などとは一切関係ありません。